Entwurzelt

Über den Autor:

David Hermann wurde 1985 in Gießen geboren. Er studierte Mathematik und Physik und arbeitet seit 2010 als Lehrer an einer Gesamtschule. Zu seinen literarischen Vorbildern zählt er neben Autoren wie Michael Crichton und Stephen King auch den Komiker Heinz Erhard und den Videospielentwickler Sam Lake.

Über das Buch:

Der Autor Ignatius Reichenbach schreibt das Theaterstück seines Lebens. Doch noch während er MORD OHNE SINN schreibt, geschehen seltsame Dinge. Immer mehr verschwimmen für ihn Fiktion und Realität. Reichenbach sieht nur noch einen Ausweg: Er nimmt sich das Leben.

60 Jahre später soll MORD OHNE SINN in einem kleinen Theater aufgeführt werden. Aber dann geschieht ein grausamer Mord. Der Verdacht fällt sofort auf das Ensemble des Theaters. Der Regisseur Hillenberger setzt alles daran, das Stück trotz des tragischen Vorfalls auf die Bühne zu bringen. Doch die Hürden für die Aufführung nehmen zu und damit Hillenbergers Verzweiflung. Liegt gar ein Fluch auf dem Stück?

DAVID HERMANN

Entwurzelt

Winter 2021 – Herbst 2022

Bibliografische Information der Deutschen Nationalbibliothek: Die
Deutsche Nationalbibliothek verzeichnet diese Publikation in der
Deutschen Nationalbibliografie; detaillierte bibliografische Daten
sind im Internet über dnb.dnb.de abrufbar.

© 2022 David Hermann

Satz, Herstellung und Verlag: BoD – Books on Demand, Norderstedt
Umschlaggestaltung Tobias Göldner
Coverartwork Sarah Schindelar
ISBN 978-3-7568-5207-9

Inhalt

»Jede Nacht nähren wir unsere Träume mit Schlaglichtern der Realität. Da scheint es nur gerecht, dass eines Tages die Traumwelt in die wirkliche Welt hineinblutet. Und wenn es so weit ist, stellen wir fest, dass die schlimmsten Monster, die wir schufen, nicht die in unseren Träumen sind, sondern jene, die in uns selbst schlummern.«Auszug aus dem Tagebuch von Ignatius Reichenbach.

Szene 1 – Auf der Straße

Die Bäuerin steht auf der Straße. Die arme Frau kommt des Wegs.

BÄUERIN: Grüß Gott. So spät noch unterwegs?

ARME FRAU: Muss mich beeilen. Die Läden schließen bald. Wird schon dunkel.

BÄUERIN: Drüben höre ich schon die Wachleute. Sie schicken die Leut' nach Haus. Hoffentlich schnappen sie den Halunken bald.

ARME FRAU: Ich würd' ihn eher ein Monster nennen. Letzte Nacht hat er den Thomas erwischt. In der Badewanne.

BÄUERIN: Im eignen Haus. Da fragt man sich doch, was das mit der Sperrstund soll, wo dem Monster nicht einmal die eignen vier Wände etwas entgegenzusetzen haben. Gott sei Dank ist der Kommissär im Dorf. Er wird ihn schon schnappen.

ARME FRAU: Hab gehört, er ist mit seiner Frau ins Wirtshaus gezogen. Weiß Gott, wieso er seine Frau mitgebracht hat. Es wird ihr noch zum Unglück sein.

Das kleine Mädchen tritt auf. Es kommt die Straße entlanggeschlendert, in der Hand ein Körbchen.

BÄUERIN: Liebes, was machst du denn noch so spät hier auf der Straße? Weißt du denn nicht, dass es für Kinder besonders gefährlich ist?

KLEINES MÄDCHEN: Ihr seid doch selbst noch hier.

ARME FRAU: Werd' bloß nicht frech. Geh lieber schnell nach Hause.

Das Mädchen nickt und geht um die Hausecke. Ein spitzer Schrei erschallt. Das Mädchen kommt wieder auf die Straße getorkelt. Ihr Hemd ist blutgetränkt. Die beiden Frauen weichen erschrocken zurück. Das Mädchen spricht zum Publikum.

KLEINES MÄDCHEN: Jetzt hat's mich erwischt. Dabei bin ich doch noch so jung. Das Grauen macht vor niemandem Halt. Jeden kann der Tod ereilen, so wie das Dunkel jeden ergreifen kann. Ich bin nur froh, dass es mich nicht befallen hat, dass ich nicht zum Mörder wurde, so wie jener, der mich erstach. Ich habe ihn gekannt und er hat mich gekannt. Wer's gewesen ist, kann ich trotzdem nicht sagen. Der Anstand gebietet es mir, Ihnen die Spannung nicht zu rauben. Ich bin nur froh und dankbar, dass es nicht mein eigner Vater war.

Der Nachlass

Laurianne Reichenbach hat aufgehört zu zählen, wie viele Kisten sie gepackt und wie viele Schubladen, sie durchwühlt hat. Es kommt ihr vor, als seien es unzählbar viele. Die meisten Bücher ihres verstorbenen Mannes hat ein Antiquar aufgekauft. Gemeinsam mit Olaf Steiger hat sie die Anzeige geschaltet und schon am nächsten Tag haben sich ein Dutzend Buchhändler, Privatsammler und Antiquare bei ihr gemeldet. Laurianne hat sich für den erstbesten entschieden: Herr Luckenbach, Besitzer eines Buchantiquariats. Laurianne hat bisher noch nicht einmal geahnt, dass es Menschen gibt, die mit alten Büchern handeln. Wozu sollte man auch ein altes Buch kaufen, wenn es doch so viele neue gibt.

Jetzt macht sie schon seit Tagen nichts anderes, als die alten Bücher ihres Mannes zu katalogisieren.

Die Bücher ihres verstorbenen Mannes.

Wobei es »verstorben« nicht wirklich trifft.

Ignatius Reichenbach, der erfolglose Bühnenautor, hatte sich vor über einem Jahr freiwillig in den Tod gestürzt. Im wahrsten Sinne des Wortes ein echter Reichenbachfall. Laurianne hat beinahe gelacht, als sie beim Durchstöbern der Bücher auf diese Sherlock Holmes Geschichte gestoßen ist.

Mittlerweile kann sie das wieder: Lachen. In den ersten Monaten nach Ignatius' Freitod war sie komplett erschüttert und hat die meiste Zeit katatonisch in ihrem Atelier gesessen und die Wand mit all ihren Fotos angestarrt. Diese Zeit hat sie wahrscheinlich nur überlebt, weil Olaf Steiger sich um sie gekümmert hat.

Olaf Steiger war Ignatius' Freund und Literaturagent. Er hat dafür gesorgt, dass die Theaterstücke, die Ignatius verfasste, an Verlage verkauft wurden.

Nach einem halben Jahr des Schweigens hat Steiger Laurianne dann endlich angesprochen. Ob sie wisse, wovon sie in Zukunft leben werde. Laurianne musste sich eingestehen, dass sie sich darüber noch keine Gedanken gemacht hatte. Sie hatte von dem Ersparten und den Einkünften, die sie mit ihren Bildern verdiente, gelebt. Doch Steiger hatte natürlich recht. Die Maisonette, die Laurianne mit Ignatius bewohnt hatte, war für eine Person zu teuer und zu groß. Laurianne hatte schon immer den Wunsch gehabt, ihr Leben mit Kindern zu füllen. Doch es hatte nie geklappt. Jetzt gähnt sie die Leere der Wohnung fast so laut an, wie Ignatius' Bücher sie angeschrien haben. Deshalb ist sie froh gewesen, als Steiger die Idee geäußert hatte, sie könne den Nachlass ihres Mannes veräußern und in eine kleinere Wohnung ziehen. So hätte sie wenigstens eine Aufgabe.

Anfangs ist Laurianne sich noch wie eine Verräterin vorgekommen, doch mit der Zeit hat sie gemerkt, dass all die Bücher, Briefe, Manuskripte und Entwürfe ihres Mannes sie zu erdrücken schienen. Also hat sie mit Steigers Hilfe begonnen, den Nachlass ihres Mannes zu verwalten.

Jetzt sitzt sie an dem wuchtigen Holzschreibtisch, an dem ihr Mann sonst gearbeitet hat. Seine Olympia-Schreibmaschine steht nach wie vor an ihrem Platz. Sogar ein Blatt ist noch eingespannt. Laurianne tippt vorsichtig das Wort ENDE. Die vier Buchstaben prangen so unumkehrbar und endgültig auf dem weißen Papier, wie Ignatius' Freitod für immer in ihrem Leben stehen wird. Laurianne spürt, wie ihr wieder die Tränen kommen. Hastig – beinahe wütend – reißt sie den Bogen aus der Maschine, zerknüllt ihn und wirft ihn in den Papierkorb.

Sie steht auf und macht sich wieder ans Werk. Drei Schubladen hat sie noch nicht durchgesehen.

In der obersten liegen einige Zeitungsartikel. Normalerweise hat Ignatius nichts auf seine Veröffentlichungen in der Zeitung gegeben. Er hat immer gesagt, seine Artikel seien nur ein billiger Abklatsch seines Könnens. Doch einigen Artikeln konnte er trotzdem etwas abgewinnen. Meistens wanderten sie in ein dickes Album, das jetzt im Regal hinter Laurianne steht. Die drei Zeitungsausschnitte, die sie in der Schublade findet, wird sie später Ignatius' Sammlung hinzufügen.

In der zweiten Schublade findet Laurianne einen Stapel handbeschriebener Papiere. Die meisten Seiten sind durchgestrichen. Laurianne weiß, dass ihr Mann fast nie von seiner Arbeit überzeugt war. Ein Phänomen, das sie als Malerin nur zu gut kennt. Das schlechte Gefühl, das jeder Kreative kennt, wenn andere die eigene Arbeit loben, und man selbst weiß, dass man alles noch so viel besser hätte machen können.

Laurianne überfliegt die Papiere. Es handelt sich offensichtlich um den Versuch, eine Kurzgeschichte oder vielleicht sogar einen ganzen Roman zu schreiben. Laurianne legt die Blätter auf den Stapel anderer Romananfänge, die sie in anderen Schubladen des Schreibtischs gefunden hat.

Sie wird später alles sorgfältig lesen. Vielleicht kann Steiger irgendetwas davon noch zu Geld machen.

In der letzten Schublade, die sie sich für heute vorgenommen hat, liegt ein weiterer Stapel Papiere. Doch anders als all die Manuskripte und Skizzen, die sie bisher gefunden hat, ist dieses Dokument mit der Maschine geschrieben. Laurianne nimmt es heraus und liest den Titel: MORD OHNE SINN. Etwas an diesem Titel spricht sie an und Laurianne beschließt, den Text jetzt gleich zu lesen. Es sind etwa hundert Seiten und es handelt sich – wie sie auf den ersten Blick sieht – um ein Theaterstück. Laurianne beschließt, Steiger später anzurufen und ihn zu fragen, ob Ignatius dieses Stück bereits eingereicht hat. Außerdem wird sie in der Bibliothek nachsehen, ob es einen Roman mit dem Titel MORD OHNE SINN gibt. Vielleicht handelt es sich, wie zu vermuten wäre, um die Bearbeitung eines Romans für die Bühne.

Jetzt geht sie mit dem Stapel nach unten in die Küche. Sie hätte sich auch in Ignatius' Lesezimmer in einen der Sessel setzen können, doch sie erträgt die Stille dort nicht. In der Küche hört sie wenigstens die Uhr ticken.

Laurianne setzt sich einen Kaffee auf und beginnt zu lesen. Sie spürt von der ersten Seite an, dass dieses Stück Ignatius' Meisterwerk ist. Und dass es dafür verantwortlich ist, dass er sich in den Tod gestürzt hat. Jede Dialogzeile ist durchdrungen von Verzweiflung. Die Charaktere sind getrieben von der Angst, sie könnten von dem grausamen Mörder umgebracht werden, oder noch schlimmer, der freundliche Nachbar von nebenan könnte der Unhold sein.

Laurianne erkennt ihren Mann in einigen Charakteren wieder. Und sich selbst auch. Die Frau des Kommissärs hat Ignatius eindeutig an sie angelehnt. Laurianne liest ununterbrochen, bis sie am Ende von Szene 4 ins Stocken gerät. Der Dialog zwischen der Wirtin und dem Pfarrer endet mitten im Satz. Der Rest der Seite ist leer. Laurianne blättert um zur nächsten Seite. Die beginnt mit der Überschrift SZENE ACHT – AUF DER STRASSE.

Verwundert blättert Laurianne den Papierstapel durch. Der Rest des Stücks geht scheinbar normal weiter. Es folgen noch fünf Szenen. Laurianne liest sie in einem Rutsch durch. Eine halbe Stunde und zwei Tassen Kaffee später geht sie wieder hinauf ins Arbeitszimmer ihres Mannes. Sie durchwühlt alle Schubladen und Kisten, kann jedoch die fehlenden Szenen nicht finden. Laurianne überlegt, was sie tun soll. Das Stück ist großartig. Es ist das Beste, was ihr Mann je geschrieben hat. Und es ist vor allem seines. Keine Romanumsetzung. Das hat sie sofort gespürt. Jede Textzeile stammt von ihm. Jeder Gedanke ist seiner.

Diese Erkenntnis lässt Laurianne zweifeln. MORD OHNE SINN ist zweifelsohne ein Teil ihres Mannes – gewissermaßen ein Blick in seine Seele. Sollte sie wirklich Profit daraus schlagen? Würde sie so nicht auch Ignatius' Selbstmord … ausschlachten?

Laurianne fasst einen Entschluss. Sie wird versuchen, das Stück zu verkaufen. Ignatius hätte gewollt, dass es irgendwann einmal aufgeführt wird. Sie greift zum Telefon und ruft Olaf Steiger an.

»Steiger am Apparat. Wer spricht dort?«

»Olaf, ich bin's, Laurianne.«

Eine Pause, dann: »Wie geht es dir?«

»Gut. Aber, das ist es nicht, weshalb ich dich anrufe.«

Laurianne sieht auf das Manuskript vor ihr.

»Wie kann ich dir helfen?«

»Ich habe etwas gefunden.«

»Du hast etwas in den Sachen deines Mannes gefunden?«

»Ja, es ist ein Stück fürs Theater. Es ist gut, glaube ich.«

»Soll ich vorbeikommen?«

Wieder sieht Laurianne auf den Titel des Stücks. MORD OHNE SINN. In Gedanken fügt sie hinzu SELBSTMORD OHNE SINN.

»Würdest du es lesen? Vielleicht ist es ja so gut, dass man es veröffentlichen kann.«

»Das wird sich zeigen. Ich habe hier noch zu tun, aber ich könnte in drei Stunden bei dir sein.«

»Das wäre lieb von dir.«

Sie verabschiedet sich und legt auf.

Laurianne ärgert sich, dass sie Steiger nicht gleich die ganze Wahrheit gesagt hat. Er wird schließlich sowieso herausfinden, dass in der Mitte des Stücks auf Szene 4 Szene 8 folgt. Insgeheim hegt Laurianne die Hoffnung, dass in den handgeschriebenen Notizen ihres Mannes der Rest von MORD OHNE SINN schlummert.

Das Stück

Marek Hillenberger hatte große Mühe, sich zu beherrschen. Seit einer halben Stunde wartete er vergebens auf seine Dramaturgin Katherina Batke. Sie waren für acht Uhr morgens verabredet gewesen, um über die Lücke zu sprechen. Jetzt war es bereits kurz nach halb neun. In einer Stunde kämen die Schauspieler. Dann war für Hillenberger nicht mehr an die Arbeit im Büro zu denken. Dann musste er zur Bühne und Anweisungen geben. Und er musste dafür sorgen, dass die Truppe das Stück nicht verhunzte.

Es war schon schwer genug, die Schauspieler davon zu überzeugen, sich auf ein unfertiges Stück einzulassen. Doch jetzt musste er auch noch mit Batke zusammen das Unmögliche schaffen und einen kompletten Mittelteil schreiben. Wieso hatte er sich nur für dieses Stück entschieden?

Hillenberger wusste natürlich, wieso er MORD OHNE SINN für diese Saison ausgewählt hatte.

Zum einen hatte er das Stück seit seinem Studium einige hundert Mal gelesen und auch sonst jeden Text des Autors verschlungen. Dazu noch alles, was er über Ignatius Reichenbach aus Wien hatte finden können. Das war beileibe nicht viel gewesen, da es sich um ein verkanntes Genie handelte, dessen bedeutendstes Werk erst posthum veröffentlicht worden war.

Zum anderen war da die Sache mit den fehlenden drei Szenen. Eine Szene im Wirtshaus brach mitten im Satz ab. Die Zählung der Szenen deutete darauf hin, dass drei weitere Szenen komplett fehlten. Niemand wusste, ob Reichenbach diese Szenen jemals geschrieben hatte oder ob sie bis zu seinem Tod nur als Ideen in seinem Kopf umherschwirrten.

Hillenberger hatte sieben Jahre damit verbracht, das Stück zu studieren. Er hatte einmal eine Aufführung in einem kleinen Theater in Berlin gesehen und war sofort begeistert gewesen von dem Stoff. Später hatte er es im Studium wieder und wieder analysiert und sich darüber den Kopf zerbrochen, wie man es aufführen könnte, ohne – wie in der Berliner Aufführung geschehen – eine Lücke zu lassen.

Und dann hatte die Theaterleitung des Heigeltheaters ihn gefragt, welches Stück er als Nächstes inszenieren wolle. Es war das erste Mal gewesen, dass ihm nicht von oben herab diktiert worden war, die hundertste Inszenierung von FAUST aufzuführen. Nein, diesmal durfte er frei entscheiden, welches Stück das Ensemble in der nächsten Saison spielen würde. Und endlich hatte er nach all den Standardwerken, die sie in den vergangenen fünf Jahren aufgeführt hatten, den Mut gefunden, sich für Reichenbachs unvollendetes Meisterwerk zu entscheiden.

Für Hillenberger war von Anfang an klar gewesen, dass sie die fehlenden Szenen irgendwie würden ersetzen müssen. Ihm war nur nicht klar gewesen, wie schwer es war, eine Theaterszene auf dem Niveau zu schreiben, wie es Reichenbach beherrscht hatte.

Hillenberger hatte in seinem Leben überhaupt erst ein Drehbuch verfasst. Damals an der Uni hatten sie die Aufgabe gehabt, eine Bühnenfassung für einen literarischen

Text ihrer Wahl zu schreiben. Hillenberger hatte gegen einen Kommilitonen einen Abend zuvor eine Wette verloren – er war nach dem elften Kräuterschnaps eingeknickt – und musste nun, einer Abmachung folgend, die Romanvorlage verwenden, die ihm sein Studienfreund Gerard vorgab.

Es kam schlimmer als befürchtet. Marek Hillenberger hatte die zweifelhafte Aufgabe, den Thriller BLUTIGE POST – einen Schundroman aus den USA – zu adaptieren. Er quälte sich durch die Seiten und schämte sich für jedes Wort, das er las. Erst Jahre später erlebte er noch einmal dieses tiefe Gefühl der Scham, als der Hauptdarsteller bei seiner ersten Inszenierung als Regisseur in der alles entscheidenden Szene einen Blackout hatte und kein Wort mehr herausbekam. Hillenberger verlegte die Handlung in BLUTIGE POST vom New York der 2000er ins Berlin der 1980er und übergoss alles mit einer gehörigen Portion »Verarbeitung der Deutschen Geschichte«. Das Drehbuch war so schlecht, dass es Hillenberger nicht wunderte, als ihm der Professor mitteilte, er müsse noch eine Menge Änderungen vornehmen, damit die Arbeit positiv bewertet würde. Hillenberger weigerte sich jedoch und kassierte seine einzige negative Note an der Universität.

Jetzt wollte er also ein Schwergewicht wie MORD OHNE SINN um einige Szenen ergänzen. Hillenberger hatte sich bereits während seines Studiums gewundert, dass offenbar niemand außer ihm dieses Stück kannte und dessen Essenz verstand. Wieso nur wurde dieses Werk so verkannt? Hillenberger sah es als seine Berufung, MORD OHNE SINN den Menschen näherzubringen. Dabei stellte die Inszenierung am Heigeltheater gleichzeitig Traum und Albtraum dar. Zum Glück würde Katherina Batke ihn unterstützen. Wenn sie denn endlich auftauchte.

Hillenberger wollte sie gerade zum vierten Mal in Folge anrufen, als er die Tür hörte. Es war jedoch nicht Batke, sondern die junge Studentin Laura Pracht, die an drei Tagen in der Woche im Theater arbeitete.

»Hallo Marek, ist Katherina noch nicht da?«

Laura war hinreißend. Wie sie sich bewegte, wie sie aussah, wie sie sprach. Selbst, wenn sie sich nur die Jacke auszog. Hillenberger konnte fast nicht hinsehen, ohne innerlich zerrissen zu werden. Er musste sich jetzt auf das Stück konzentrieren. Er dachte an den Dialog zwischen der Wirtin und dem Kommissär, den sie heute vor sich hatten. So wie sie die Sache geplant hatten, ergab das alles keinen Sinn. Doch Katherina hatte ihn überzeugt, dass sie ihrem Protagonisten – dem Star des Stücks: Janosch von Hofen – einige zusätzliche Zeilen schreiben mussten, egal, ob es an dieser Stelle nun passte oder nicht.

»Erde an Marek! Hast du meine Frage gehört?«, riss Laura ihn aus seinen Gedanken.

»Ja, habe ich«, antwortete Hillenberger. »Ich habe versucht, sie anzurufen, aber sie geht nicht dran.«

»Redet ihr von mir?«

Katherina kam zur Tür herein.

»Entschuldigt bitte die Verspätung, aber ich hatte einen Platten.«

»Ich habe versucht, dich anzurufen.«

»Da muss ich wohl gerade mit dem Pannendienst telefoniert haben.«

Laura spürte die Spannung im Raum. Sie wusste, wie wichtig das Theaterstück für Marek war. Wie oft hatte er ihr abends davon vorgeschwärmt. Sie hatte es natürlich auch mehrmals gelesen. Sie musste zugeben, dass es nicht schlecht war. Es war vielleicht sogar gut, doch es wurden jedes Jahr neue Stücke geschrieben, über die man das auch sagen konnte. Und dann gab es ja noch die ganzen Klassiker, denen MORD OHNE SINN zweifellos unterlegen war. Sie konnte nicht so recht verstehen, was Marek an dem Stück so begeisterte. Aber es machte ihr Spaß, an den fehlenden Szenen mitzuarbeiten. Das war etwas anderes, als an der Universität Drehbücher für abendfüllende Filme zu schreiben, die doch nie das Licht der Welt erblicken würden. Hier hatte sie die Gelegenheit, an etwas mitzuarbeiten, das tatsächlich aufgeführt wurde. Dass sie gelegentlich mit dem Regisseur schlief, war für sie nichts als ein netter Zuschlag.

»Jetzt bist du ja da. Möchtest du einen Kaffee?«, fragte Laura.

»Danke, gern.«

Hillenberger sah ungeduldig auf seine Armbanduhr. Sie hatten jetzt wirklich keine Zeit für ein kleines Frühstück unter Kollegen. Doch dann dachte er sich, ein Kaffee habe noch keinem geschadet.

»Für mich bitte auch einen.«

Laura ging zur Maschine und goss drei Tassen Kaffee ein.

»Welche Szene ist heute dran?«, fragte Katherina.

»Das Wirtshaus. Szene sechs.«

»Irgendwelche Ideen?«

Katherina rührte in ihrem Kaffee. Laura schwieg.

»Das Mädchen könnte noch einmal auftreten«, sagte Katherina.

»Was?«, fragte Hillenberger.

»Wir lassen das Mädchen noch einmal auftreten. Es kommt als Geist ins Wirtshaus und prophezeit, wer noch alles zum Mörder wird. Vielleicht sagt es auch dem Kommissar auf den Kopf zu, dass er seine Frau in Gefahr bringt.«

»Was soll der Scheiß?«

Hillenberger wäre im Normalfall über seine Wortwahl erschrocken gewesen, doch nicht an diesem Morgen, denn obwohl er seinem Ärger Luft gemacht hatte, war seine Wut über Batkes Verspätung immer noch nicht ganz verraucht.

»Es war doch nur so eine Idee.«

»Es war eine schlechte Idee. Reichenbach hat seine Stücke immer geradlinig erzählt. Keine Zeitsprünge, keine Rückblenden und auch keine Geister, die mitten im Stück auftauchen und das Ende verraten.«

»Es war, wie gesagt, nur eine Idee, dem Mädchen noch eine Szene zu schreiben, damit sie ein wenig mehr Spielzeit bekommt.«

»Wir müssen uns immer vor Augen halten, was Reichenbach mit MORD OHNE SINN sagen wollte«, sagte Hillenberger

»Der Mensch verliert seine Unschuld.«

»Nein«, widersprach Hillenberger Batke , »er ist besessen von einer Idee, einer Ideologie. Diese Idee frisst sich wie ein Krebsgeschwür in seine Gedanken, bis er von ihr beherrscht wird.«

Hillenberger sah, wie Batke die Augen verdrehte. Er wusste, dass sie es für einen Fehler der Geschäftsleitung gehalten hatte, ihn das neue Stück für die kommende Saison selbst aussuchen zu lassen. Doch er würde es ihr schon noch zeigen. Für Reichenbachs Stück würde er sich ins Zeug legen. Es würde die beste Inszenierung des Heigeltheaters werden. Jetzt musste er Batke nur noch dazu bringen, mit ihm gemeinsam die verschollenen Szenen zu schreiben.

»Vergiss bitte nicht die Sache mit dem ‚kein Weg zurück‘«, mahnte Batke.

»Ja, das Problem, dass es ab einem gewissen Punkt in der Geschichte keinen Weg mehr zurück gibt.«

Laura Pracht stand auf und goss sich eine weitere Tasse Kaffee ein.

»Wie wäre es«, sagte sie, »wenn wir den Bauern erkennen lassen würden, dass er langsam wahnsinnig wird. Er könnte darüber monologisieren, dass er den Pfarrer zur Strecke bringen muss. Dann hätte Oskar auch direkt etwas mehr Text und würde sich nicht mehr darüber beschweren, dass er nur zwanzig Sätze im ganzen Stück zu sagen hat.«

»Eine fabelhafte Idee«, sagte Hillenberger. Er stand auf und ging zur Tür.

»Die Truppe dürfte mittlerweile da sein. Wie wäre es, wenn ihr beide euch noch ein paar Gedanken macht und wir uns nach der Mittagspause wieder zusammensetzen?«

Er wartete nicht auf eine Antwort, sondern ging einfach nach draußen.

Hillenberger eilte über den dunklen Flur und ging über die Treppe nach hinten auf die Bühne. Hillenberger war keineswegs davon ausgegangen, dass er hier bereits jemanden anträfe, er wollte nur allein sein mit seinen Gedanken. Doch die ersten zwei Schauspieler waren bereits da. Oskar Tobias Steidle, der den Bauern spielte, der im Verlauf der Handlung den Pfarrer tötete, und Janosch von Hofen, der den Kommissar geben würde.

Auf von Hofen musste Hillenberger aufpassen. Er war ein junger, engagierter Schauspieler aus einer alten Schauspielerfamilie. Er hatte bereits auf fast allen großen Bühnen Deutschlands gespielt und sogar in New York studiert. Zuletzt war er im Fernsehen in einem Kriminalfilm zu sehen gewesen. All das wussten seine Kollegen. Und Janosch wusste, dass sie es wussten. Er war zweifelsfrei ein guter, vielleicht sogar ein großartiger Schauspieler, doch Hillenberger befürchtete, dass sein Ego die Truppe – die größtenteils aus Amateuren bestand – sprengen könnte.

»Guten Morgen Herr Hillenberger«, sagte Steidle zu ihm und er klang dabei fast wie ein Schüler, der seinen Lehrer begrüßt.

»Guten Morgen die Herren. Ist sonst noch wer da?«

»Teresas Wagen habe ich schon gesehen. Die anderen kommen bestimmt gleich«, sagte Steidle.

»Wie ich sehe, gehen Sie gerade die Verhörszene durch. Machen Sie ruhig weiter.«

Steidle und von Hofen setzten sich wieder an den Tisch, der provisorisch auf der Bühne stand. Die eigentlichen Bühnenrequisiten waren noch nicht fertig. Punkt 107 auf Hillenbergers Liste der Probleme.

»Sie haben doch noch Blut an Ihrem Hemd, also geben Sie's endlich zu!«, donnerte Janosch.

»Nichts gebe ich zu«, stammelte Oskar. »Ich habe mich beim Rasieren geschnitten.«

»Sie haben sich seit Wochen nicht mehr rasiert. Sehen Sie sich doch an!«

Hillenberger betrachtete die Szene. Er musste sich beherrschen, den beiden nicht ins Wort zu fallen. Steidle übertrieb mal wieder und überzeichnete seine Rolle und von Hofen schien noch nicht ganz bei der Sache zu sein. Aber Hillenberger hatte gelernt, dass man Schauspielern etwas Zeit geben musste, um mit einer Szene warm zu werden.

»Wollen Sie mir etwa weismachen, Sie hätten nichts mit dem Mord an Pfarrer Reichert zu tun? Sie waren es doch, der ihn zuletzt besucht hat!«

Marek verwarf seinen guten Vorsatz. Er hielt es nicht mehr aus. Janosch gab hier eindeutig den Kommissar aus dem Fernsehkrimi.

»Stopp! Entschuldigt, aber ich muss hier unterbrechen.«

Die beiden Schauspieler legten ihre Textbücher zur Seite und sahen ihn an.

»Herr von Hofen, Sie sind kein Kommissar aus dem 21. Jahrhundert. Unser Stück spielt in der Vergangenheit. Der erste Weltkrieg ist gerade vorüber, die Leute leben in der Hoffnung, dass alles wieder besser wird. Bitte legen Sie etwas mehr Epoche in Ihre Sprache.«

Janosch nickte höflich, obwohl man ihm ansah, dass er nicht recht wusste, was Hillenberger mit Epoche in der Sprache meinte. Er überflog noch einmal den Text, dann begann er von Neuem. Mit viel Epoche in der Sprache.

Nach fünf Stunden Probe, die von einer Mittagspause unterbrochen wurden, wurden die Schauspieler endlich von Hillenberger in den Feierabend entlassen. Für Laura Pracht ging es jetzt erst richtig los. Sie hatte den halben Vormittag und den ganzen Nachmittag mit Katherina Batke an den verlorenen Szenen gearbeitet. Jetzt galt es, sich zu dritt an den Tisch zu setzen und die tagsüber neugeschriebenen Dialoge zu besprechen.

Laura Pracht und Katherina Batke warteten in Hillenbergers Büro auf den Regisseur. Endlich ging die Tür auf und ein völlig übermüdeter Hillenberger kam herein und ließ sich auf den Schreibtischstuhl fallen.

Laura wusste, dass Hillenberger sich selbst keine Pause gönnen würde. Also legte sie ihm gleich zu Beginn die neuen Textpassagen vor.

»Wir haben uns dazu entschieden, einen Dialog zwischen dem Pfarrer und der Wirtin zu schreiben«, sagte Katherina.

»Die beiden könnten über den Tod des Mädchens spekulieren. Sie könnten darüber diskutieren, wen sie für den Mörder halten.«

Hillenberger schüttelte den Kopf.

»Der Tod des Mädchens soll bis zum Schluss ungeklärt bleiben. Jeder muss es gewesen sein können. Wir müssen uns davon verabschieden, dass Reichenbach hier ein Kriminalstück inszeniert hat. Es geht vielmehr darum, dass alle und zugleich niemand Schuld an dem ganzen Drama hat.«

»Aber, denkst du nicht, dass die Zuschauer wissen wollen, wer der Mörder ist?«, fragte Laura.

»Nein. Ich erwarte, dass die Zuschauer klug genug sind, sich selbst einen Reim auf die ganze Sache zu machen. Wir dürfen das Stück nicht übererklären.«

»Wie wäre es denn«, warf Katherina ein, »wenn wir die beiden über die Polizei im Allgemeinen reden ließen? Sie könnten über die Sinnhaftigkeit der Ausgangssperre diskutieren. Oder über die Frage, ob die Polizeikontrolle schon ausreicht.«

Sie hielt ihren Kugelschreiber, mit dem sie sich während der vergangenen vier Stunden unzählige Notizen gemacht hatte, krampfhaft fest. Laura fiel auf, dass Katherinas Fingerkuppen sich durch das aufgestaute Blut dunkelrot färbten.

Hillenberger blickte nachdenklich zur Decke. Dann nickte er langsam.

»Das könnte funktionieren. Die Frage nach der Verantwortung. Wenn die Polizei stärker in das öffentliche Leben eingreift, geben die Dorfbewohner ihre Verantwortung ab. Und die Wirtschaft ist der ideale Ort für diese Diskussion.«

Laura konnte deutlich sehen, wie Katherina erleichtert aufatmete. Ihre Finger lockerten sich und der Kugelschreiber fiel ihr aus der Hand auf den Tisch. Es war ihr gelungen, ihm die Ergebnisse der letzten Stunden als spontane Idee unterzujubeln. Hillenberger schien mit ihrer Arbeit zufrieden zu sein. Dann war die ganze Mühe der letzten Stunden wenigstens nicht umsonst gewesen.

»Morgen muss ich den ganzen Tag bei den Proben dabei sein«, fuhr Hillenberger fort. »Am besten wäre es, wenn wir heute Abend schon damit anfangen, den Text zu skizzieren. Dann könnt ihr morgen Vormittag den Dialog ausformulieren. Aber ich bestehe darauf, dass ich das Ergebnis noch einmal lektoriere. Schließlich kennt sich hier niemand so gut mit Ignatius Reichenbach aus wie ich.«

Laura wusste, dass Widerspruch jetzt unangebracht war, und deshalb nickte sie eifrig.

»Dann ans Werk.«

Sie schrieben noch zwei Stunden lang, bis sich niemand mehr konzentrieren konnte. Der Kaffee wurde irgendwann gegen Tee ausgetauscht, dann folgte schließlich Wasser. Hillenberger achtete genau darauf, nach 18 Uhr kein Koffein mehr zu sich zu nehmen.

Katherina Batke hatte vor geraumer Zeit begonnen, sich immer wieder mit den Händen die Augen zu reiben oder langanhaltend zu gähnen. Auch Laura war mittlerweile hundemüde. Endlich verkündete Hillenberger, dass für heute Schluss sei.

»Macht euch nach Hause, ihr zwei. Morgen geht's wieder von vorne los.«

Katherina stand auf und nahm ihre Handtasche.

»Und was ist mit dir?«, fragte sie.

»Ich überfliege alles noch einmal und fahre dann auch nach Hause.«

Endlich war Hillenberger allein. Nachdem die beiden Frauen sein Büro verlassen hatte, wartete er noch fünf Minuten, dann öffnete er seine Schreibtischschublade. Den Schlüssel dazu verbarg er unter dem Drucker in der Ecke. Kein wirklich originelles Versteck, aber es hatte sich bisher bewährt.

Das Messer lag immer noch in der Schublade, gut verborgen unter einem Stapel Papiere. Hillenberger nahm es heraus und fuhr vorsichtig mit dem Daumen die Klinge entlang. Er betrachtete einen Augenblick sein Spiegelbild im kalten Stahl, dann legte er das Messer wieder zurück. Er verschloss die Schublade und verließ sein Büro.

Hillenberger schloss die Bürotür hinter sich ab und ging nach draußen. Seine Schritte hallten im jetzt dunklen Flur von den Wänden wider. Er brauchte einen Moment, bis er den richtigen Schlüssel für die Eingangstür gefunden hatte. Nachdem er abgeschlossen hatte, ging er zum Parkplatz. Neben seinem Mercedes stand eine Gestalt. Es war Laura Pracht.

»Da bist du ja endlich«, sagte sie. »Ich hatte schon befürchtet, du schläfst in deinem Büro.«

»Was willst du?«

»Ich hab' keine Lust, zu Fuß nach Hause zu gehen. Ich hatte gehofft, du fährst mich.«

»Steig ein«, sagte Hillenberger.

Laura ließ sich auf den Beifahrersitz fallen und Hillenberger startete den Motor. Lauras Parfüm erfüllte den ganzen Wagen.

»Was hältst du davon, wenn wir bei mir noch ein Gläschen Rotwein trinken?«, fragte er aus einer Laune heraus.

Eigentlich war er zu müde, um am Abend noch ein Glas Wein zu trinken – wenn es denn überhaupt bei einem Glas bliebe –, doch er war sich sicher, dass Laura genau das wollte. Wieso sonst hatte sie an seinem Wagen auf ihn gewartet?

»Ich weiß nicht. Ich bin müde.«

»Ach komm. Nur ein Rotwein«, bettelte Hillenberger.

»Aber wirklich nur ein Glas«, sagte Laura.

Hillenberger warf einen Blick auf die Uhr. Ihm war klar, dass es unvernünftig von ihm war, Laura noch mit zu sich zu nehmen, aber er konnte diese Chance einfach nicht verstreichen lassen. Er hasste sich dafür, gleichzeitig freute er sich auf ihre Nähe. Er wusste, hoffte oder befürchtete, dass es nicht bei einem Glas bleiben würde.

Während der Fahrt – sie dauert nur zehn Minuten – redete Laura ohne Unterbrechung auf Hillenberger ein. Dabei schob sie sich hin und wieder mit der Hand eine Strähne aus dem Gesicht. Diese Geste verfehlte ihre Wirkung nicht: Jedes Mal, wenn Laura zu Hillenberger hinübersah, lächelte der.

»Ich kann so viel von dir lernen«, sagte Laura jetzt. Wenn sie eines in den vergangenen Wochen gelernt hatte, dann, dass es wichtig war, Marek Hillenberger immer wieder zu sagen, wie gigantisch toll er war.

»Es ist unglaublich, wie du die Szenen aus dem Skript auf die Bühne übersetzt. Und vor allem, wie du die verschollenen Szenen gestaltest. Du triffst exakt die Sprache von Ignatius Reichenbach.«

So ging es die ganze Fahrt weiter. Laura vermutete, dass Hillenberger ihr kein Wort glaubte, sich aber dennoch geschmeichelt fühlte.

Laura Pracht war sechsundzwanzig Jahre alt, studierte Drehbuch an der Hochschule für Film und Fernsehen in München. Sie war überzeugt, dass es ihr gelänge, Marek Hillenberger für ihre Ziele zu manipulieren. Schon als Kind war es ihr immer gelungen, ihren Bruder und ihre Eltern gegeneinander aufzuspielen. Bisher hatte sie es geschafft, Marek Hillenberger glauben zu lassen, sie interessiere sich für ihn, sei regelrecht in ihn vernarrt.

Schon immer war sie der Meinung gewesen, jeder Mensch müsse im Leben ein Ziel haben und ohne Rücksicht auf Verluste darauf zu steuern. Ihr Ziel war ein Abschluss mit Auszeichnungen, allen Widerständen zum Trotz. Und um das zu erreichen, wollte sie von den besten lernen. Marek Hillenberger gehörte zwar nicht zu besten Drehbuchautoren, die auf dem Markt waren, doch er galt als passabler Regisseur. Und für Laura war es nur logisch, dass sie nur dann gute Drehbücher würde schreiben können, wenn sie die Herangehensweise eines Regisseurs kennenlernte. Schon früh hatte sie gelernt, dass es – vor allem beim Film, aber in abgeschwächter Form auch beim Theater – mindestens drei Versionen eines Drehbuchs gab: Die gedruckte, die der Drehbuchautor schrieb, dann das, was Regisseur und Schauspieler am Drehort daraus machten und letztlich die Version, die am Ende im Schnitt entstand. Oder eben das, was die Theaterbesucher wahrnahmen. Lauras Ziel war es, zu verstehen, wie sie mit der ersten Fassung möglichst nahe an die Vision des Regisseurs herankommen könnte. Und um das zu erreichen, brauchte sie Hillenberger.

Sie parkten in der Tiefgarage und gingen hinauf in die Wohnung. Marek schloss die Tür auf. Laura ging zunächst ins Badezimmer, um sich frisch zu machen. Als sie kurz darauf das Wohnzimmer betrat, wartete Hillenberger bereits mit zwei Gläsern Wein auf sie. Sie nahm sich eins – nicht, ohne festzustellen, dass in ihrem Glas mehr Wein war als in seinem – und prostete ihm zu. Dann ging sie zum Sofa.

An der Wand über dem Sofa hing ein Bild. Es zeigte einen Mann, der zwischen zwei Bäumen stand und sich an deren Baumkronen festhielt. Seine Füße reichten bis ins Erdreich und waren mit den Bäumen verwurzelt. Hillenberger hatte das Bild auf einem Flohmarkt entdeckt. Laura konnte sich gut vorstellen, wie er abends vor dem Bild stand und sich in dem Mann zwischen den Bäumen selbst zu erkennen glaubte.

Hillenberger stellte sich neben Laura und legte ihr den Arm um die Hüften. Sie wand sich ein wenig aus dieser Umarmung, drehte sich zu Hillenberger und gab ihm einen Kuss. An der Art, wie er sie zurückküsste, spürte sie, dass sie wieder einmal gewonnen hatte. Gewonnen gegen Hillenberger, der vorhin noch den Anschein erweckt hatte, er sei viel zu müde. Und gegen Reichenbach, über den Hillenberger ansonsten den ganzen Tag schwadronierte.

Sie setzten sich aufs Sofa.

»Der Wein ist gut«, sagte sie.

Hillenberger schien abwesend.

»Was haben wir heute alles falsch gemacht?«, fragte er stattdessen.

»Was?«

»Ich meine, wir haben heute an der schwierigen Aufgabe geknobelt, eine gute Wirtshausszene zu schreiben. Und da wir alle drei keine Genies sind, werden wir irgendwelche Fehler begangen haben. Also sag mir, was wir heute falsch gemacht haben.«

Offensichtlich hatte sie Reichenbach doch nicht verdrängt.

»Willst du jetzt wirklich darüber reden?«

»Was denn sonst?«, fragte er ein wenig zu barsch.

»Du könntest mir zum Beispiel die Schultern massieren. Ich habe heute eindeutig zu lange am Schreibtisch gesessen.«

Ohne eine Antwort abzuwarten, strich sie ihre Haare aus dem Nacken und drehte Hillenberger den Rücken zu. Der stellte sein Weinglas auf dem Wohnzimmertisch ab und begann vorsichtig Lauras Nacken zu massieren.

»Das tut gut. Aber du musst nicht so zart sein«, sagte diese und nippte an ihrem Weinglas.

Hillenberger übte etwas mehr Druck aus. Laura stellte ihr Glas auf den Tisch und lehnte sich nach hinten. Sie legte ihren Kopf auf Hillenbergers Brust, drehte den Kopf zur Seite und sah nach draußen. Ganz deutlich konnte den Herzschlag des Regisseurs hören. Er beschleunigte sich. Das gefiel ihr. Dann legte Hillenberger von hinten die Hände um ihre Hüften und atmete einmal tief ein. Er küsste sie sanft auf den Nacken.

»Du darfst gerne weitermachen«, sagte sie, drehte sich jedoch um und küsste ihn.

Hillenberger legte seine Hände wieder auf Lauras Nacken.

»Ich finde es hier viel zu hell«, sagte sie. »Kannst du dein Licht ausschalten?«

»Klar. Licht aus!«, sagte Hillenberger und das Licht erlosch automatisch.

»Gleich viel besser«, sagte Laura und küsste ihn jetzt leidenschaftlicher.

Durchs Fenster fiel das Licht einer Straßenlaterne. Es war eine dieser neuen LED-Laternen, ihr Licht schimmerte blau. Alles in Hillenbergers Wohnzimmer wurde in blaues Licht getaucht.

Plötzlich sagte Hillenberger: »Blaues Licht.«

»Was?«, fragte Laura und versuchte, ihn erneut zu küssen.

»Wir benutzen blaues Licht.«

Verstört richtete sie sich auf.

»Wofür willst du blaues Licht benutzen?«

Hillenberger stand auf und ging im Wohnzimmer auf und ab. Laura nahm einen weiteren Schluck Wein.

»Für die verschollenen Szenen. Wir beleuchten die Bühne mit blauem Licht, immer dann, wenn eine Szene gespielt wird, die nicht aus Reichenbachs Feder stammt.«

»Das glaube ich jetzt nicht!«, sagte Laura verärgert. »Ich dachte, du wolltest, dass ich mit zu dir komme, um noch ein bisschen …«

Laura ließ den Satz unbeendet.

»Wie? O, natürlich. Tut mir leid«, stammelte Hillenberger.

»Ich glaube, ich sollte mir jetzt besser ein Taxi rufen«, sagte Laura.

»Nein, bleib doch«, sagte Hillenberger und küsste sie sanft auf die Stirn. »Ich wollte dich nicht verärgern. Ich hatte nur plötzlich diese Idee.«

Laura verfluchte ihn für diesen lächerlichen Versuch, seinen Fauxpas auszubügeln. Dennoch schmiegte sie sich an ihn.

»Ich verzeihe dir, wenn du dich wieder setzt.«

»Sofort«, sagte Hillenberger. »Ich muss nur noch schnell Katherina von meiner Idee erzählen.«

Er drehte sich um und ging in die Küche.

Laura versuchte es noch einmal.

»Kann das nicht bis morgen warten?«, rief sie ihm hinterher.

Doch Hillenberger hörte sie schon nicht mehr. Er schloss die Tür. Für Laura war das das Zeichen, dass sie verloren hatte. Verloren gegen einen längst verstorbenen Bühnenautor.

Verärgert packte stand sie auf und verließ die Wohnung.

Reichenbachfall

Fassungslos starrt Ignatius Reichenbach seine Frau an. Laurianne liegt reglos vor ihm auf dem kalten Küchenboden. Das Küchenmesser in Ignatius' Hand wird immer schwerer. Angewidert wirft er es ins Spülbecken. Gott sei Dank hat er damit nicht zugestochen. Und trotzdem ist dort so viel Blut. Laurianne muss sich am Kopf verletzt haben, als sie gegen den Tisch geprallt ist. Die silberne Brosche, die er ihr zum letzten Hochzeitstag geschenkt hat, hat sich von ihrer Bluse gelöst und ist unter einen der wuchtigen Stühle gerutscht.

Endlich kann Ignatius sich aus seiner Starre lösen. Mühsam unterdrückt er den Impuls, sich neben Laurianne zu knien und nach ihrem Puls zu tasten. Er hat Angst davor, was er ihr antun könnte. Hastig geht er rückwärts zur Zimmertür, den Blick stets auf seine Frau gerichtet. Sie regt sich. Zum Glück! Ruckartig dreht Ignatius sich um und kehrt seiner Frau den Rücken zu, wendet seine Gedanken von ihr ab, reißt sich innerlich von ihr los. Er stürmt aus der Küche und rennt die Treppe hinauf.

In seinem Lesezimmer hält er kurz inne. Die zwei Ledersessel stehen in der Ecke und verhöhnen ihn. Ebenso die Flaschen im Regal der kleinen Bar. Alles in dem großzügigen Raum scheint ihn anzuschreien.

Unten hört Ignatius Geräusche aus der Küche. Laurianne! Schnell geht er weiter die Treppe hinauf in ihr Atelier. Die Bilder an den Wänden brüllen ihm ihre Verachtung entgegen. Sie sind ganz schwarz. Dunkle Schlieren öliger Farbe rinnen langsam an ihnen herunter und tropfen im Rhythmus der Wanduhr zu Boden. Der schwere Vorhang vor dem Fenster bewegt sich im Wind. Ignatius stürmt durch den Raum auf das kleine Badezimmer zu.

Er reißt die Tür auf und betritt den Raum. Mit einem lauten Knall wirft er die Tür hinter sich ins Schloss und dreht den Schlüssel um. Schwer atmend lehnt er sich an die Tür und sinkt zu Boden. Sein Herz rast. In seinem Kopf dröhnt es. Dazu die quälende Frage, wieso er Laurianne das angetan hat. Ganz leise kriecht in ihm die Erkenntnis hoch, dass es noch nicht vorbei ist, dass er ihr noch Schlimmeres antun wird, wenn er nicht schnell handelt.

Von draußen hört er ihre Schritte auf der Treppe. Es sind vorsichtige Schritte wie von einem unbeholfenen Kind. Kein Wunder bei dem Schlag, den sie auf den Kopf bekommen hat.

Wie in Trance greift Ignatius' Hand nach dem Schlüssel in der Tür. Er beginnt bereits, ihn umzudrehen, als er sich wieder besinnt. Schnell zieht er den Schlüssel aus dem Schloss und wirft ihn achtlos auf den Boden. Ignatius blickt sich im Badezimmer nach einer Waffe um. Womit könnte er seiner Frau etwas antun? Sein Blick fällt auf das Rasiermesser, das in seinem Porzellanbecher steht. Ignatius nimmt es und geht damit zu dem kleinen Fenster zwischen Rasiertisch und Schminktisch. Er reißt es auf, so dass die Fensterläden beinahe aus den Angeln fallen, und sieht hinaus. Niemand ist auf der Straße, den er verletzen könnte. Er zögert noch einmal, dann wirft er das Rasiermesser aus dem Fenster. Es dauert fast zwei Sekunden, bis es auf den Boden aufschlägt.

Hinter sich hört er, wie Laurianne an die Badezimmertür klopft.

»Ignatius, bist du da drin?«

Wieder klopft sie gegen die Tür, diesmal jedoch fester.

»Bitte lass mich rein! Du musst zu einem Arzt.«

Pause.

»Herrgott, Ignatius, du musst zu einem Arzt!«

Ignatius ist hin- und hergerissen. Er will zu seiner Frau, will sie in den Arm nehmen, um Verzeihung bitten, will, dass alles wieder gut wird. Doch er weiß, dass er das nicht kann. Er spürt, dass er keine Ruhe finden wird, ehe er sie nicht getötet hätte. Und er weiß, dass er dann keinen Frieden mehr finden wird. Er weiß, dass er nie ohne seine Frau leben könnte, vor allem nicht mit der der Gewissheit, sie umgebracht zu haben. Und er weiß, dass er nicht weiterleben kann, ohne sie irgendwann umzubringen. Die Dunkelheit in ihm wird nie wieder schweigen. Sie wird es immer weiter von ihm einfordern, Laurianne zu töten, bis er letzten Endes nachgeben würde.

Ignatius denkt noch einmal daran, wie sehr er seine Frau liebt. Er erinnert sich daran, wie sie sich auf einer Wanderung in den Bergen kennengelernt haben, wie sie sich das erste Mal gegenseitig ihre Kunst gezeigt haben, er ihr seine Gedichte und Geschichten, sie ihm ihre Bilder. Ignatius denkt an Matheo, das Mädchen, die Welt, die er geschaffen hat, und an seine wunderschöne Frau Laurianne. Dann schließt er die Augen und klettert vorsichtig aus dem Fenster. Im Hintergrund hört er immer noch, wie seine Frau gegen die Tür hämmert.

Er denkt noch einmal: »Ich liebe dich!«
Dann lässt er sich fallen.
Unten empfängt ihn nichts als Dunkelheit.

Die Gruppe

Janosch von Hofen ging in seiner Kabine auf und ab. Er war wütend. Wieso dachte eigentlich jeder, er könne ihn verarschen? Er blieb abrupt vor seinem großen Spiegel stehen. Die Leuchtröhre, die über dem Spiegel angebracht war, bemühte sich, den Raum zu erhellen. Janosch sah an seinem wutverzerrten Gesicht vorbei ins Nirgendwo.

»Keine Mätzchen mehr, Herr Freier. Sagen Sie mir endlich, wo Sie gestern Abend waren!«

Janoschs Smartphone vibrierte auf dem Schminkboard. Er fluchte innerlich, dann nahm er ab. Es war seine Kollegin Teresa Michl.

»Wo bleibst du? Wir warten alle auf dich.«

Janosch warf einen Blick auf die Uhr. Es war bereits viertel nach elf. Konnte das sein? Hatte er tatsächlich über eine halbe Stunde seine Rolle geübt?

»Ich komme, sobald ich hier fertig bin«, sagte er und legte auf.

Von seinem Vater hatte Janosch gelernt, dass es nie gut ist, wenn ein Mann sich entschuldigt. Er hielt sich an diesen väterlichen Ratschlag und war damit bisher gut durchs Leben gekommen. Jetzt nahm er sein Textbuch, prüfte noch einmal seinen Blick im Spiegel – erst gütig, dann wütend, dann verzweifelt – und verließ seine Garderobe. Er ging den schmalen Flur entlang zur Bühne. Hinter der Bühne warteten die anderen bereits auf ihn. Teresa Michl und Oskar Tobias Steidle gingen gerade einen Dialog durch. Samira Reuter und Sebastian Lorenz, der den Pfarrer spielte, saßen auf dem Sofa und gingen ebenfalls ihre Texte durch. Sonst war niemand da. Für heute war eine Probe zu fünft angesetzt.

»Sie wollen meinen Mann sprechen?«, fragte Teresa gerade.

»Können Sie ihm bitte sagen, dass ich ihm etwas Wichtiges mitzuteilen habe?«

»Wissen Sie etwa, wer hier die ganzen Morde begeht?«

»Können Sie Ihrem Mann bitte einfach mitteilen, dass ich ihn …«

Steidle brach mitten im Satz ab, als er Janosch bemerkte.

»Ah, da kommt ja unser Supertalent. Bist du in deiner Garderobe eingeschlafen?«

Steidle war Anfang fünfzig, hatte graues Haar und leicht rosige Haut. Neben ihm war Janosch der einzige im Team, der bereits auf vielen Bühnen gespielt hatte, doch Steidle war nie länger als zwei Spielzeiten bei einem Theater geblieben. Er selbst behauptete, er genieße die Freiheit, sich sein Theater auszusuchen und immer wieder etwas Neues kennenzulernen, doch alle anderen wussten, dass er einfach zu schwierig war. Es würde auch am Heigeltheater seine letzte Saison sein.

Janosch wusste, dass Steidle, bevor er Schauspieler geworden war, drei Semester lang in Treuburg Philosophie studiert hatte. Dann war die Mauer gefallen und Steidle hatte in Halle Theaterwissenschaften studiert und Schauspielunterricht genommen. Seit zwanzig Jahren reiste er jetzt durch Deutschland. Vor zwei Jahren hatte es ihn dann nach München verschlagen.

»Ich bin meinen Text durchgegangen«, sagte Janosch, ohne auf die Bemerkung einzugehen.

»Dann wären wir ja jetzt vollzählig«, sagte Teresa. »Wie wäre es, wenn wir die Ankunftsszene proben?«

»Wo ist Hillenberger?«

»Er ist noch in seinem Büro. Ich habe ihn eben angerufen. Ah, da kommt er ja.«

Marek Hillenberger hatte einen Stapel Papiere unter den Arm geklemmt.

»Guten Morgen, Herr von Hofen, guten Morgen, Herr Steidle, guten Morgen, Frau Michl.«

Hillenberger hielt nichts von Ladies first. Er begrüßte sie im Uhrzeigersinn.

»Wir wollen gleich beginnen. In der Mittagspause«, er warf einen kurzen Blick auf die Uhr, »werden wir dann den neuen Text für morgen durchgehen. Frau Batke und mir ist es gelungen, Ignatius Reichenbachs Tonfall so exakt wie möglich zu treffen.«

Hillenberger wedelte mit den neuen Textblättern in der Luft.

»Jetzt proben wir aber erst einmal die Ankunftsszene.«

Sie probten zwei Stunden lang. Immer wieder unterbrach Hillenberger sie. Am häufigsten hatte er etwas an Teresa auszusetzen. Mal missfiel ihm ihre Körperhaltung, mal ihre Mimik, dann wieder ihr Tonfall, zweimal sogar ihre Atmung. Auf Janosch machte er den Eindruck eines typischen Regisseurs, der selbst nicht so genau weiß, wohin er eigentlich will.

»Danke, das reicht fürs Erste.«

Hillenberger klatschte in die Hände.

»Wir machen zwei Stunden Pause. Lorenz, kommen Sie doch bitte nach dem Essen in mein Büro.«

Janosch klappte sein Textbuch zusammen und verließ die Bühne. Teresa folgte ihm.

»Isst du mit uns oder gehst du weiter deinen Text durch?«, fragte sie.

Teresa Michl war Anfang dreißig und alleinerziehende Mutter. Sie spielte seit fünf Jahren am Heigeltheater. Janosch hatte sie einmal gefragt, ob sie nicht auch auf größeren Bühnen spielen wolle, doch sie hatte nur gesagt, dass sie, solange ihr Sohn noch bei ihr wohne, nicht aus München wegziehen wolle. Den Hinweis, dass es auch in München noch größere Theater gäbe, hatte sie kommentarlos abgetan. Janosch vermutete, dass Teresa sich gerne als Kämpferin sah; als eine Frau, die sich allein durchschlug.

»Ich komme sofort. Bringe nur noch meine Sachen in die Garderobe.«

Teresa lächelte leicht. Janosch versuchte, nicht zu erröten. Sein Herz pochte, doch sein Gesicht blieb wie versteinert.

»Dann bis gleich.«

Sie ließ ihn stehen.

Janosch schloss kurz die Augen, dachte an seine Lebensgefährtin Samira und ging dann los.

In der Garderobe wurde er wieder unruhig und ging auf und ab. Erst das Rauschen der Toilettenspülung von nebenan, ließ ihn innehalten. Janosch sah zu dem Bild seiner Großmutter herüber, das an der Wand hing.

Okay, dachte er, ich beruhige mich.

Er legte sein Textbuch auf das kleine Sofa. Er brauchte es eigentlich nicht mehr, da er das Stück mittlerweile auswendig kannte, doch Hillenbergers Eigenschaft, schon bei der geringsten Abweichung vom Original Schnappatmung zu bekommen, führte dazu, dass Janosch sich unsicher fühlte.

Anfangs hatte er noch versucht, Hillenbergers Marotten zu akzeptieren. Doch mit der Zeit hatte sich mehr und mehr der Eindruck in ihm gefestigt, dass ihr Regisseur eine totale Katastrophe war. Janosch hatte sowieso vor, so schnell wie möglich in einem anderen Theater unterzukommen. Aber um nicht anzuecken, schleppte er das Textbuch lieber immer mit und ging selbst in den Pausen seine Passagen wieder und wieder durch.

Ganz anders war es bei Oskar Tobias Steidle. Er schien nie in seine Texte zu sehen. Und trotzdem sagte er alles exakt so auf, wie es vorgegeben war. Janosch hielt ihn für ein Phänomen. Er wusste, dass Steidle sich so viele Theaterstücke wie möglich aneignete. Man konnte ihm ein Stichwort geben und er konnte ganze Szenen aus der Verbrecherballade JOHNNY BREITWIESER zitieren.

Janosch wusste, dass einige Schauspieler so arbeiteten. So hatte zum Beispiel auch Heinz Rühmann sich ein großes Repertoire angeeignet. Janosch bewunderte Steidle für diese Fähigkeit, aber er war nicht wirklich neidisch auf ihn. Er war überzeugt, dass er selbst auch mehrere Stücke aufsagen könnte, wenn er es darauf anlegte, doch insgeheim ahnte er, dass er sich in dieser Hinsicht belog. Denn Janosch konnte sich immer nur auf ein Stück konzentrieren. Es lag an seiner Methode; daran, wie er völlig in seinen Rollen aufging. Er spielte den Kommissar nicht einfach, er wurde zu ihm. Das war es, was ihn als Schauspieler auszeichnete. Er versank gänzlich in seinen Rollen, bis … ja, bis er ein neues Stück probte. Dann legte er die alte Rolle ab wie ein schmutziges Kleidungsstück.

Doch es brauchte Zeit, bis er diese Stufe der Hingabe erreichte. Und das war es, was ihm zu schaffen machte. Janosch war sich nicht sicher, ob er bis zur Premiere in fünf Wochen gut genug in Kommissar Matheo würde eintauchen können.

Es klopfte an der Tür. Es war Samira. Sie steckte ihren Kopf durch die halbgeöffnete Tür.

»Wo bleibst du?«

»Ich komme gleich.«

Samira öffnete die Tür ganz und trat ein. Sie hatte die Haare immer noch zusammengebunden. Hillenberger hatte darauf bestanden. Jetzt löste sie das Haarband und ließ ihre roten Locken nach unten fallen.

»Du siehst nachdenklich aus. Was ist los mit dir?«, fragte sie.

Samira hatte ein gutes Gespür für ihn, das musste Janosch ihr lassen. Vor allen anderen gelang es ihm, sich zu verstellen, ihnen etwas vorzuspielen – jedenfalls dachte er das –, nur vor Samira nicht. Sie konnte ihn lesen wie ein Buch.

»Ist es wieder Oskar?«

Janosch nickte nur. Es hatte keinen Sinn, seine Gedanken vor ihr zu verbergen.

»Er spielt mit solcher Leichtigkeit. Es sieht bei ihm alles so mühelos aus.«

Samira schwieg einen Moment. Dann sagte sie: »Das sieht es bei dir auch.«

»Aber es ist nicht mühelos. Es ist verdammt anstrengend. Es sieht nur nach außen so aus.«

»Und du bist dir sicher, dass es bei Oskar nicht auch so ist?«

Janosch schüttelte den Kopf.

»Er spielt einfach. Er spielt nicht exakt, aber irgendwie so leicht und so überzeugend.«

»Naja, Hillenberger scheint er nicht zu überzeugen. Er

hat ihn heute bestimmt fünfzehnmal unterbrochen und von Neuem anfangen lassen.«

»Weil er ein Idiot ist. Das weißt du selbst.«

»Wir sind alle Idioten«, sagte Samira. »Und ich bin eine ziemlich hungrige Idiotin. Also entweder kommst du jetzt mit zum Essen oder ich esse ohne dich.«

»Ich komme schon.«

Janosch warf noch einen Blick in den Spiegel, dann verließen sie seine Garderobe.

Hillenberger saß mit Sebastian Lorenz in seinem Büro. Der Schauspieler las seine neuen Textzeilen. Hillenberger beobachtete ihn genau. Er war zu neugierig, wie die Dialogzeilen, die er zusammen mit Batke und Laura Pracht geschrieben hatte, bei dem Schauspieler ankamen.

»Das ist doch nicht euer Ernst«, sagte Lorenz und sah Hillenberger entsetzt an.

»Das ist natürlich nur die vorläufige Fassung«, beschwichtigte Hillenberger. Er hatte Mühe, sich zu beherrschen. »Wir werden das natürlich noch mal überarbeiten. Das ist alles mit sehr heißer Nadel gestrickt. Mich interessiert nur, was Sie davon halten.«

»Hm. Auf den ersten Blick würde ich sagen, dass so niemand redet. Die Sätze sind zu verschachtelt. ‚Hochwürden, ich glaube, ich weiß, wer das arme Mädchen in der Nacht, in der der Kommissar hier im Ort ankam, ermordet hat.‘ Kein Mensch – und erst recht keine Wirtin einer Dorfschenke – redet so.«

»Es handelt sich, wie gesagt, um eine erste Fassung. Es geht zunächst um den Inhalt.«

Lorenz überflog den Text. Dann sah er Hillenberger fragend an.

»Welchen Inhalt meinen Sie?«

Hillenberger hielt kurz die Luft an, eine Selbstbeherrschungstaktik, die er sich antrainiert hatte.

»Es geht in dieser Szene nicht darum, die Handlung voranzutreiben, sondern vielmehr darum, die Stimmung im Dorf wiederzugeben. Die Leute sind verängstigt, sie wissen immer noch nicht, wer der Mörder ist und die Polizei tappt auch noch in vollkommener Düsternis.«

»Das weiß der Zuschauer seit der ersten Szene.«

Für Hillenberger wurde es immer schwieriger, seine Wut zu verbergen. Glaubte dieser Fatzke tatsächlich, er kenne sich besser mit Reichenbach aus als er?

»Aber wie Sie bereits sagten, handelt es sich ja nur um einen ersten Entwurf. Ich gehe also davon aus, dass ich noch eine gute Fassung bekomme. Bis dahin probe ich mit dem hier.«

Lorenz wedelte mit den neuen Textblättern vor seinem Gesicht herum. Als Hillenberger nichts mehr sagte, ging er raus zu den anderen. Hillenberger blieb stumm zurück. Seine Gedanken wirbelten in seinem Kopf umher. Wieso war ihm entgangen, dass sie den ganzen Morgen solchen Murks geschrieben hatten? Hatte er sich nur selbst belogen? Seit wann gab er sich mit Mittelmaß zufrieden? Er konnte das besser. Oder hatte er jemals Besseres geschrieben?

Denk an BLUTIGE POST, schoss es ihm durch den Kopf.

Einen Teil der Antwort kannte er bereits. Er hatte die ganze Zeit an die peinliche Situation von letzter Nacht gedacht. Dass Laura mit von der Partie war, hatte die Sache nicht einfacher gemacht. Sie war am Morgen ganz cool in seinem Büro erschienen, als sei nichts passiert. Hillenberger war klar, dass sie nur mit ihm spielte. Er gab sein Bestes und spielte mit. Er wusste auch – oder vermutete es vielmehr –, dass sie noch andere Affären am Laufen hatte. Laura war eine dieser Personen, für die es im Leben nur eine Richtung gab – nach oben. Hillenberger hatte sich damit abgefunden, eine Treppenstufe auf diesem Weg zu sein. Doch heute fühlte er sich mehr wie ein Stück staubigen Wegs, den Laura so schnell wie möglich hinter sich lassen wollte. Er musste unbedingt mit ihr reden. Allein. Doch jetzt war sie in der Universität. Vielleicht sollte er sie am Abend noch einmal anrufen oder sie in ihrer Wohnung besuchen.

Es klopfte an der Tür.

»Herein.«

Es war Oskar Steidle.

»Haben Sie einen Moment Zeit für mich?«

»Nun, eigentlich wollte ich gerade eine Pause einlegen.«

»Es geht ganz schnell.«

Steidle war dreist. Er kam einfach ins Büro und schloss die Tür hinter sich.

»Was wollen Sie?«, fragte Hillenberger.

»Ich bin unzufrieden mit der Rolle, die Sie mir zugeteilt haben.«

»So, sind Sie das?«

»Es ist nicht so, dass ich Sie kritisieren möchte, doch Sie wissen ja auch, an welchen Theatern ich bereits gespielt habe. Mit welchen Schauspielern ich schon zusammen auf der Bühne gestanden habe. Und jetzt spiele ich hier in München und alles, was Sie mir geben, sind zwanzig Sätze. Die Rolle eines Bauern, der nach der Hälfte des Stücks abgemurkst wird.«

Hillenberger hörte gar nicht wirklich zu. Er hatte schon oft mit solch alten Hasen zu tun gehabt. Schauspieler, die in ihrer Welt schon auf allen großen Bühnen gestanden hatten, die mit Gott und der Welt gespielt hatten und die nur deshalb nicht zu Ruhm und Ehre gekommen waren, weil die dumme Masse lieber irgendwelche unterbezahlten jungen Schauspieler sehen wollte als hochbezahlte Genies, wie sie eines waren. Was Menschen wie Steidle dabei vergaßen, war, dass die jungen Leute wirklich gut waren. Dass sie schlicht die bessere Ausbildung genossen hatten und vor allem, dass sie besser sein mussten. Ein mittelmäßiger Schauspieler verschwand heutzutage nach einer oder zwei Spielzeiten von der Bildfläche, dümpelte dann nur noch auf bedeutungslosen Bühnen in noch bedeutungsloseren Stücken herum und beendete seine Karriere schließlich in irgendeinem Kleinstadttheater. Es gab schlicht zu viel Mittelmäßigkeit. Und genau aus diesem Grund mussten junge Schauspieler so verdammt gut sein. Und sie taten alles dafür. Heute reichte es nicht mehr, wenn man in Leipzig oder Halle studiert hatte. Heutzutage musste man mindestens mal in New York oder London gewesen sein. Vielleicht am Lee Strasberg Theater Institute oder an der RADA in London.

Im Prinzip ging es Hillenberger genauso wie Steidle. Er wäre auch lieber an einem großen Theater. Doch nach ein paar Jahren hier und da fand er sich am Heigeltheater wieder – dem Bodensatz der Münchner Theaterszene.

»Was wollen Sie?«, fragte Hillenberger, als Steidle seine Monolog beendet hatte.

»Ich will, dass Sie mir noch vernünftigen Text geben, sonst bin ich weg.«

»Was wollen Sie? Sie können nicht einfach so gehen. Sie stehen hier unter Vertrag.«

»Ich komme schon aus meinem Vertrag raus, wenn es sein muss«, sagte Steidle.

»Und was genau soll ich jetzt tun?«

»Schreiben Sie mir in einer der neuen Szenen etwas Dialog oder vielleicht sogar einen kurzen Monolog. Das ist alles, was ich will.«

»Ich kann nicht einfach für jeden x-beliebigen Charakter neuen Text schreiben. Wir haben ja auch schon alles bis auf zwei Szenen geschrieben. Und außerdem könnte da ja jeder kommen.«

»Es wird niemand mehr kommen. Und wenn doch, sagen Sie einfach Ihren Text auf, dass das Stück bereits fertig ist und nicht mehr geändert werden kann. Aber ich kenne das Spiel. Ich bin sonst in einer Woche weg. Denken Sie daran!«

»Sie können mich mal!«

»Denken Sie einfach darüber nach«, sagte Steidle und verließ das Büro.

Oskar Steidle ging zurück zur Garderobe. Er teilte sich eine mit Sebastian Lorenz und Mark Häuser. Häuser war zum Glück nur an einem Tag in der Woche im Theater. Er studierte noch an der HFF und gab in dem Stück einen unwichtigen Passanten. Ein Papierkorb hätte seine Rolle übernehmen können.

Steidle pfefferte sein Textbuch auf das kleine ranzige Sofa, das an der Wand stand, und zog seine Jacke an. Er musste raus aus diesem Loch von einem Theater. Raus und sich die Beine vertreten und seinen Gedanken freien Lauf lassen.

Was seine Vertragsauflösung anging, hatte er geblufft. Er wusste das, Hillenberger wahrscheinlich auch. Aber solche Reibereien gehörten nun einmal zum Theatergeschäft dazu wie das Salz zur Suppe. Hillenberger würde einknicken und ihm noch zwei oder drei Zeilen schreiben. Er würde sie spielen, wie er alles spielte: leicht wie ein Vogel.

Steidle wusste, dass der junge Janosch, der Star des Ensembles, sich seine Rollen in mühevoller Kleinarbeit aneignete. Er konnte förmlich spüren, wie sehr Janosch ihn darum beneidete, dass ihm die Rollen so leichtfielen. Diese Art des Neids hatte er in vielen Theatern erlebt. Steidle wusste selbst nicht so recht, woher er seine Gabe hatte. Denn das war es, eine Gabe. Er hatte schon immer Texte mit Leichtigkeit auswendig lernen können. Ganze Gedichte hatte er nach dem ersten Mal Lesen aufsagen können, später auch seitenlange Geschichten. Nicht immer wortwörtlich – mal wurde aus einem »eigenartig« ein »seltsam« –, doch alles in allem gab er die Texte präzise wieder.

Jetzt trat er aus dem Theater hinaus in die kalte Novemberluft. Es hatte am Morgen geregnet, der Boden war noch voller Pfützen. Steidle schlenderte über den Parkplatz. Samira Reuter stand neben ihrem Corsa und rauchte eine Zigarette. Steidle nickte ihr nur freundlich zu. Er hatte jetzt keine Lust auf Konversation, vor allem nicht mit Samira. Wobei er vielleicht doch einmal mit ihr reden sollte, zum Beispiel über ihren Freund Janosch von, auf und dazu Hofen. Janosch, dem tollen Hecht, dem man so mir nichts, dir nichts die Hauptrolle in dem Stück gegeben hatte.

Steidle erinnerte sich noch genau an den Morgen, als er am Schwarzen Brett die Verteilung der Rollen gelesen hatte. Er war sofort zu Hillenberger gegangen. Doch der hatte ihn einfach abgewimmelt und wieder mit Katherina Batke die Köpfe zusammengesteckt. Also war Steidle zum Management gegangen. Doch Helena Trumpfheller hatte nur beteuert, dass sie da nichts machen könne, Hillenberger habe bei diesem Stück völlig freie Hand.

Dreckspack, alle miteinander!

Steidle stiefelte über den Bürgersteig. Er ging jeden Tag dieselbe Runde. Sie dauerte ziemlich genau zwanzig Minuten. Er sah auf die Uhr. In einer Viertelstunde sollten die Proben wieder aufgenommen werden. Nun, dann würden sie wohl mal auf ihn warten müssen. Er schlenderte die Straße entlang und ließ seinen Gedanken freien Lauf. Ihm war klar, dass es seine letzte Saison am Heigeltheater war. Es hatte ihn sowieso nirgendwo länger als drei Jahre gehalten. Wieso sollte er dann ausgerechnet am Heigeltheater eine Ausnahme machen? Steidle wusste, dass das zum Teil an der Art lag, wie er mit seinen Kollegen und vor allem mit seinen Vorgesetzten umging, doch er wusste auch, dass er diese Rastlosigkeit und Getriebenheit brauchte. Sein Herz hatte keine Heimat. Er hielt es nie länger an einem Ort aus. In München wohnte er jetzt schon zu lange. Es wurde Zeit.

Die Gruppe war bereits wieder am Proben, als Oskar Steidle die Bühne erreichte.

»Da bist du ja endlich«, sagte Janosch.

»Du bist gleich dran, Oskar«, sagte Teresa.

»Entschuldigt bitte«, murmelte Steidle.

Sie standen auf der Bühne im Kreis. In der Mitte stand ein einfacher Tisch. Am hinteren Ende der Bühne tummelten sich eine Stehlampe und eine kleine wacklige Kommode. Die Kulisse war noch nicht final, das war allen klar, doch es wurde langsam Zeit. Das Gleiche betraf ihre Kostüme. Verdammtes Irrenhaus! Doch die ersten Kostümproben waren erst für heute angesetzt. Bisher hatten sie ohne ihn geprobt.

»Herr Steidle, wenn Sie bitte auf Ihre Position gehen könnten«, sagte Hillenberger.

Er saß auf der Tribüne und besprach mit Batke die Szenen.

Steidle ging rüber zur Kommode und stellte sich breitbeinig hin. Wie ein Bauer.

»Herr Freier, Sie sagten, Sie hätten gestern Abend etwas bemerkt«, sagte Janosch mit der Stimme des Kommissärs.

Steidle räusperte sich geräuschvoll.

»Es war dunkel draußen. Die Nacht hatte die Straße fest im Griff. Doch ich sah etwas aufblitzen. Es war das Kollar des Pfarrers, der ums Eck verschwand.«

Janosch trat einen Schritt vor. Sein Gesicht nahm exakt die Züge an, die er immer in dieser Szene trug. Es war fast ein bisschen unheimlich, wie präzise er spielte.

»Sie wollen also sagen, dass Sie den Pfarrer auf der Straße gesehen haben, wie er nach Hause ging.«

Steidle schüttelte den Kopf.

»Er ging nicht nach Hause. Er …«

»Stopp!«, unterbrach Hillenberger. »Es muss heißen ‚Er ging nicht heim'. Bitte sagen Sie Ihren Text richtig auf.«

Steidle schüttelte wieder den Kopf. Diesmal ein wenig heftiger.

»Er ging nicht heim. Er …«

»Bitte etwas nachdenklicher, mit etwas mehr Schwere«, rief Hillenberger.

Diesmal schüttelte Steidle seinen Kopf kaum merklich. Er machte eine kurze Pause, bevor er zu reden begann.

»Er ging nicht heim. Er ging hinüber in die Schenke. Er wirkte gehetzt – wie einer, der noch so gerade eben seinen Zug erreichen muss.«

Von der Tribüne drang leises Getuschel zu ihnen herüber. War das Hillenberger, der zu Batke sagte, wie unterirdisch er gespielt hatte? Oder war es Batke, die zu Hillenberger sagte, sie dürften ihm auf keinen Fall noch weiteren Text schreiben?

Sie probten die Stelle noch viermal. Als sie gerade zum fünften Durchlauf ansetzten, kam Monica Hartmann, ihre Schneiderin, mit einem Wäschekorb voller Kleidungsstücke.

»Die Kostüme, meine Damen und Herren.«

Sie stellte den Korb auf dem Bühnenrand ab.

»Wem darf ich seine Kleider geben?«

»Jetzt nicht«, sagte Janosch verärgert.

»Wie bitte?«, fragte Monica verwundert.

»Sehen Sie denn nicht, dass wir gerade mitten in der Probe sind? Wir arbeiten hier gerade wirklich hart an einer Szene. Können wir die Anprobe bitte verschieben?«

»Also, laut meiner Vereinbarung mit Herrn Hillenberger, steht für heute um 15 Uhr die Anprobe an.«

Allen Anwesenden war klar, dass Janosch nur seine Macht ausspielte. Hillenberger kam zur Bühne. Alle warteten gespannt darauf, wie er mit der Situation umging.

»Was ist los, Herr von Hofen?«, fragte er. Auf Monica Hartmann ging er nicht ein.

»Ich will diese Szene jetzt so perfekt machen, wie es geht. Da kann ich keine Kleideranprobe gebrauchen.«

»Aber die Szene war doch schon echt gut«, warf Teresa ein.

»Herr von Hofen hat recht«, sagte Hillenberger. »Wir machen noch ein paar Durchläufe. Frau Hartmann, Sie sehen, dass wir mitten in der Probe stecken. Gibt es die Möglichkeit, die Kleideranprobe auf morgen zu verschieben? Vielleicht können Sie es ja einrichten, dass Sie morgen vor der Probe noch einmal vorbeikommen. Dann sind auch ein paar mehr Darsteller vor Ort.«

Monica Hartmann besaß eine kleine Schneiderei, die auf Ausbesserungen und Anpassungen spezialisiert war. Helena Trumpfheller, die Theatermanagerin, kannte sie von früher. Sie hatte Monica gefragt, ob sie sich vorstellen könnte, Kostüme fürs Theater zu erstellen. Und so war es gekommen, dass Monica Hartmann seit beinahe einem Jahrzehnt die Kostüme für das Heigeltheater entwarf. Anfangs hatte es ihr noch großen Spaß gemacht, doch mit der Zeit war der Glanz der neuen Aufgabe verblasst. Jetzt war es eine Arbeit wie jede andere. Sie sorgte dafür, dass Geld auf ihr Konto kam, war anstrengend und – was sie für eine Besonderheit des Theaters hielt – bestand zum Großteil darin, unzufriedenen Kunden zuzustimmen, wenn sie behaupteten, die Kleider entsprächen nicht ihren Wünschen und müssten erneut geändert werden.

Jetzt fuhr sie sich nervös mit den Fingern durch die Haare.

»Nun gut. Dann komme ich morgen um elf noch einmal vorbei. Ich habe aber nur ein Zeitfenster von einer Stunde. Danach kann ich frühestens in einer Woche wiederkommen.«

»Ich danke Ihnen für Ihr Verständnis, Frau Hartmann«, sagte Hillenberger.

Als Monica Hartmann gegangen war, sagte er zur Truppe: »Jeder wieder auf seine Position. Wir machen noch drei Durchläufe.«

Hillenberger sah den Unwillen in ihren Gesichtern. Der kleine verzogene Janosch hatte mal wieder seinen Willen gekriegt. Aber so war das nun einmal, wenn einer turmhoch aus allen anderen herausragte.

Sie probten noch eine halbe Stunde, bis Teresa Michl auf einmal erschrocken ausrief: »Mist, ich muss los! Ich muss Lukas aus der Kita abholen.«

»Frau Michl, was ist los?«, fragte Hillenberger.

»Es tut mir leid, Herr Hillenberger, aber ich muss meinen Sohn aus der Kindertagesstätte abholen. Er kann dort heute nur bis 16 Uhr bleiben. Ich muss in einer halben Stunde bei ihm sein.«

»Sie können jetzt nicht einfach gehen, Frau Michl«, sagte Hillenberger noch, doch Teresa war schon von der Bühne runter.

»Es tut mir wirklich leid, aber es geht nicht anders«, rief sie, während sie durch den Flur zur Garderobe eilte.

»Verflucht!«, schrie Hillenberger. »Macht hier eigentlich jeder, was er will?«

Der Rest der Gruppe stand stumm auf der Bühne und starrte ins Nichts.

»Beruhig dich bitte, Marek«, sagte Katherina Batke. »Wir hätten ohnehin spätestens in einer Stunde Schluss gemacht. Für heute reicht es doch auch. Die Leute sind erschöpft. Wir sind die Szene jetzt fast zwanzigmal durchgegangen. Irgendwann ist es auch mal genug. Ich glaube nicht, dass sie heute noch so viel besser werden.«

Hillenberger gab nach. Er war zu kraftlos, um dem Ensemble ein weiteres Mal zu erklären, dass sie alle ihre ganze Energie für die Proben dieses Stückes aufbringen mussten. Sie hatten anscheinend immer noch nicht verstanden, um was es hier eigentlich ging: die perfekte Inszenierung eines Meisterwerks.

»In Ordnung. Wir machen morgen weiter. Ich wünsche Ihnen allen noch einen schönen Tag.«

Den freundlichen Gruß am Ende kaufte ihm niemand ab.

Teresa Michl raste mit ihrem Golf zum Kindergarten ihres Sohnes. Als sie vor dem Haus einparkte, klingelte ihr Smartphone. Es war Hillenberger.

»Ja?«, meldete Teresa sich.

»Frau Michl, haben Sie einen kurzen Augenblick für mich?«

»Ich will gerade meinen Sohn …«

»Ich weiß«, unterbrach Hillenberger sie.

»Es ist nur so, dass es über kurz oder lang so nicht weitergehen kann. Ich habe vollstes Verständnis dafür, dass Sie sich um Ihren Sohn sorgen, doch wir können nicht immer die Proben unterbrechen, nur weil Sie keinen Babysitter gefunden haben.«

»Was heißt hier ‚immer die Proben unterbrechen‘. Das war heute das doch erst vierte Mal in diesem Jahr, dass ich früher gehen musste. Viermal in elf Monaten. Das ist doch wohl nicht Ihr Ernst.«

»Wie gesagt, Frau Michl, habe ich vollstes Verständnis für Sie. Doch Sie sollten wissen, dass Sie uns alle damit in eine unmögliche Situation bringen. Denn so können wir eventuell unseren Zeitplan bis zur Premiere nicht erfüllen.«

»Es tut mir leid«, sagte Teresa. »Aber ich muss jetzt Schluss machen und meinen Sohn abholen.«

»In Ordnung. Wir sehen uns morgen.«

Teresa legte auf. Ihre Finger zitterten. Was sollte sie tun? Für sie war klar, dass es ihre letzte Saison am Theater war. Wann sollte sie die Theaterleitung über ihre Schwangerschaft informieren? Und wann sollte sie es dem Vater sagen?

Hillenberger hatte gerade erst aufgelegt, als sein Smartphone erneut vibrierte. Er sah auf das Display. Es war Samuel Großmann, der Bühnenbauer.

»Herr Hillenberger?«

»Ja.«

»Großmann hier. Ich wollte Sie nur darüber informieren,

dass die ersten Kulissen fertig sind. Wir würden sie dann morgen früh aufbauen. Sie müssten für den Vormittag zum Proben in die Turnhalle ausweichen. Aber mittags können Sie wieder auf die Bühne.«

Na, das lief doch prächtig.

Das Opfer

Marek Hillenberger erwachte mit starken Kopfschmerzen. Er hatte nicht gut geschlafen und lauter wirres Zeug geträumt. Jetzt pochten seine Schläfen. Offensichtlich hatte er in der Nacht wieder seine Kiefer zusammengepresst. Daran war nur der verdammte Stress schuld. Hillenberger war sich im Klaren darüber, dass er zum Großteil selbst für den Stress verantwortlich war, machte er sich doch besonders viel Druck wegen des Stücks. Er war dabei, große Kunst zu erschaffen – ein wahres Meisterwerk endlich auf die Bühne zu bringen. Aber wieso musste er sich auch noch wie eine Nanny um die Wehwehchen seines Ensembles kümmern?

Er stand auf, ging in die Küche und kochte sich einen extrastarken Kaffee. Mit der Tasse in der Hand ging er ins Wohnzimmer. Vor dem Bild an der Wand blieb er stehen. Diese starken Äste der Bäume, an denen sich der Mann festhielt, die er stützte. Sofort ordneten sich seine Gedanken. Er dachte wieder an die Mail, die er am Vorabend noch verschickt hatte. Er hatte die Schauspieler davon in Kenntnis gesetzt, dass die Vormittagsprobe in die Turnhalle verlegt werden musste. Jetzt musste er nur noch Monica Hartmann Bescheid geben, dass sie ebenfalls zur Turnhalle kommen sollte. Er würde sie auf dem Weg zur Arbeit anrufen.

Nachdem er geduscht hatte, packte er seine Sachen zusammen. Dann ging er hinunter in die Tiefgarage. Als er im Wagen saß, wartete er, bis sich sein Smartphone mit der Freisprechanlage gekoppelt hatte. Gerade, als er Monica Hartmanns Nummer wählen wollte, kam ein Anruf rein. Es war seine Intendantin Helena Trumpfheller.

»Herr Hillenberger, gut, dass ich Sie erreiche. Ich muss unbedingt mit Ihnen reden.«

Das war mal eine alarmierende Eröffnung.

»Was habe ich verbrochen?«, fragte er und hoffte, dass er nicht zu nervös klang.

Schon zu oft hatten sich die Schauspieler über ihn bei der Geschäftsleitung beschwert. Vor allem Steidle und von Hofen fielen ihm immer wieder in den Rücken. Hillenberger hatte es bisher immer geschafft, die Theaterleitung davon zu überzeugen, dass es sich nur um Missverständnisse handelte. Doch irgendwann ist immer das erste Mal – das sagte man schließlich so. Hillenberger ging alle Schauspieler im Kopf durch. Wer konnte sich über ihn beschwert haben?

»Nichts«, beschwichtigte Helena Trumpfheller ihn. »Es geht um Herrn Werner. Er kommt in einer halben Stunde zu einem Gespräch vorbei. Er sagt, es sei wichtig, dass Sie auch anwesend sind. Er klang nicht sonderlich freundlich.«

»Das tut er nie. Aber geht klar. Ich bin in zehn Minuten da.«

Hillenberger legte auf, ohne eine Antwort abzuwarten. Er wollte gerade die Nummer der Schneiderin wählen, als auf dem Display seines Autoradios EINGEHENDER ANRUF aufleuchtete. Hillenberger wählte ANRUF ANNEHMEN aus.

»Ja bitte?«

»Marek?«

Es war Bianca Mayer. Hillenberger hatte sofort ein ungutes Gefühl. Das konnte kein Zufall sein.

Bianca Mayer war die Exfrau ihres Hauptinvestors Daniel Werner, mit dem er in weniger als einer halben Stunde ein Meeting im Theater haben würde. Bianca Mayer war zudem wunderschön, passte ideal in Hillenbergers Beuteschema und folglich hatte kein Weg an einer kurzen, aber leidenschaftlichen Affäre vorbeigeführt.

»Bina, was willst du?«

Kein »Schön von dir zu hören«. Hillenberger hatte keine Lust auf lange Reden um den heißen Brei. Er musste wissen, was hier im Busch war.

»Schön von dir zu hören, Bianca. Wie geht es dir? Danke, dass du fragst, Marek. Mir geht es gut. Ich verprasse nach wie vor das Geld meines Exmannes und habe ein erfülltes Liebesleben. Wie geht es dir? Was macht die Kunst?«

»Also gut, wie geht es dir?«, fragte Hillenberger genervt. »Es tut mir leid, aber ich bin heute Morgen ein wenig gestresst.«

»Ich fürchte, das wird sich nicht ändern«, sagte Bianca. »Daniel ist auf dem Weg zu euch.«

»Ich weiß. Trumpfheller hat mich soeben informiert. Weißt du, was er will?«

»Nein.«

»Weiß er von uns?«

Bianca lachte.

»Denkst du wirklich, ich wäre so leichtsinnig? Wenn er von uns wüsste, wärst du die längste Zeit Regisseur im Heigeltheater. Mein Gott, vielleicht wärst du sogar die längste Zeit Regisseur in Bayern.«

Hillenberger hatte Geschichten gehört von Biancas ehemaligen Liebhabern, denen er lieber keinen Glauben schenken wollte. Von ruinierten Sportlerkarrieren war da die Rede gewesen und sogar von der gebrochenen Hand eines Pianisten.

»Du hast ihm also nichts von uns erzählt. Möglich, dass er von selbst draufgekommen ist?«

»Vergiss es.«

»Was also denkst du, hat er vor?«

»Ich weiß es nicht. Er hat mir nur gestern am Telefon gesagt, dass er heute zu euch fahren will und dass es nicht schön wird. Ich vermute, es hat irgendwas mit Geld zu tun. Ich musste letzten Monat eine Woche auf meine Unterhaltszahlung warten.«

»Die du nicht mehr bekommen würdest, wenn dein Mann spitzgekriegt hätte, dass wir noch während eurer Ehe miteinander geschlafen haben. Er hätte dann einen guten Grund, eure Scheidung neu zu verhandeln.«

»Was willst du damit sagen?«, fragte Bianca.

»Nichts, außer, dass ich mir Gedanken mache.«

»Tu, was du nicht lassen kannst. Ich wollte dich nur warnen, um der alten Zeiten willen.«

»Danke.«

»Du mich auch.«

Sie legte grußlos auf.

Hillenberger sah verwundert auf das Display. Dann lenkte er den Wagen auf seinen Parkplatz. Er hoffte nur, dass das Gespräch schnell vorüber wäre, damit er noch in der Turnhalle vorbeischauen konnte. Allerdings befürchtete er, dass diese Hoffnung sich zerschlagen würde. Sicherheitshalber sprach er Katherina einige Anweisungen für den Vormittag auf die Mailbox. Dann verließ er seinen Mercedes und ging zum Theater. An die Schneiderin Monica Hartmann verschwendete er keinen Gedanken mehr.

Daniel Werner wartete bereits in Helena Trumpfhellers Büro. Er war ein großgewachsener gegelter Lackaffe, der in der Logistikbranche zu einer Menge Geld gekommen war. Das Startkapital für sein Unternehmen hatte er von seinem Vater geerbt, der es von seinem Vater geerbt hatte, der einst ein angesehener Schauspieler gewesen war. Das einzig Positive an Daniel Werner war, dass er sich seinem Großvater verpflichtet fühlte und dem Theater, in dem die Karriere seines Großvaters ihren Anfang gefunden hatte. Seit Jahren spendete er jährlich mehrere hunderttausend Euro. Quelle des Lebens für ein kleines Theater wie das Heigeltheater, Peanuts für einen Superreichen wie Daniel Werner. Müsste Hillenberger wetten, würde er darauf tippen, dass die erwähnten schlechten Nachrichten etwas mit der Kürzung der jährlichen Finanzspritze zu tun hatten.

»Guten Morgen, Herr Hillenberger«, sagte Werner.

»Guten Morgen, Herr Werner«, antwortete Hillenberger.

»Schön, dass Sie es einrichten können.«

Da niemand Hillenberger einen Stuhl angeboten hatte, blieb er stehen.

»Herr Werner rief mich gestern Abend an, um diesen Termin zu vereinbaren«, fing Helena Trumpfheller an. Sie wirkte nervös.

»Genau. Ich habe etwas sehr Wichtiges mit Ihnen zu besprechen, und ich dachte, wir treffen uns am besten so früh wie möglich, damit Sie noch die Gelegenheit haben, zu reagieren.«

Hillenberger fiel einer der wirren Träume der letzten Nacht wieder ein. Eine Bombe war in seiner Wohnung gewesen und letztlich in genau dem Moment explodiert, in dem sein Wecker geklingelt hatte. Er wurde das Gefühl nicht los, dass hier in den nächsten Augenblicken ebenfalls eine Bombe explodieren würde. Vermutlich würde er danach aber nicht einfach aufwachen.

»Was genau wollen Sie uns mitteilen?«, fragte Helena Trumpfheller. »Betrifft es die Finanzierung der kommenden Spielzeit?«

Werner schüttelte den Kopf.

»So ähnlich. Es betrifft diese Saison. Ich werde meine gesamte Investition zurückziehen. Die vollen 487 000. Es tut mir leid, doch ich fürchte, Sie müssen sich einen neuen Sponsor für Ihr Theater suchen.«

Helena Trumpfheller war kreidebleich geworden. Hillenberger dachte, er müsse sich jeden Moment übergeben. Er setzte sich nun doch.

»Wie bitte? Sie wollen uns Ihre Finanzierung für diese Saison streichen?«, fragte Hillenberger.

»Exakt. Es tut mir außerordentlich leid, dass Sie es so kurzfristig erfahren, doch es hat leider einige Umstrukturierungen gegeben, die mich zu diesem radikalen Schritt zwingen.«

»Das können Sie nicht«, sagte Trumpfheller. »Ich meine, Sie dürfen das rein rechtlich gesehen nicht. Sie haben Verträge unterzeichnet. Es gibt Sponsorenverträge, die Sie unterschrieben haben.«

»Vielen Dank, dass Sie mich daran erinnern. Es gibt aber auch so etwas wie Anwälte, die mich aus diesen Verträgen herausklagen werden.«

»Wieso?«, fragte Hillenberger. Mehr brachte er nicht heraus.

Daniel Werner lachte.

»Weil ich es leid bin, jährlich Unsummen in diesen Kindergarten zu pumpen. Meinen Großvater in allen Ehren, aber ich glaube, er würde sich schämen, wenn er mitansehen müsste, was für lächerliche Inszenierungen Sie hier in den letzten Jahren zustande gebracht haben.«

»Herr Werner, ich muss doch sehr bitten.«

»Verzeihung, ich wollte Ihre Künstlerseele nicht kränken. Ich könnte auch argumentieren, dass die Wirtschaftskrise uns alle getroffen hat, auch die Logistikbranche. Stillstand in den Fabriken bedeutet nun einmal auch Stillstand auf den Autobahnen und Gleisen der Republik.«

»Aber Sie haben doch bestimmt staatliche Förderungen erhalten«, sagte Trumpfheller.

Im Gegensatz zu uns, dachte Hillenberger. Er hatte irgendwo im Internet gelesen, dass Werners Unternehmen im vergangenen Jahr einen Rekordumsatz von 180 Millionen verbucht hatte. Was waren da schon eine halbe Million?

»Das ist richtig. Aber der Staat hat mir keine Förderung ausgezahlt, damit ich sein schönes Geld in ein Theater stecke.«

»Wie lange gewähren Sie uns Aufschub?«, fragte Trumpfheller.

»Gar keinen. Meine Anwälte legen sofort los. Ich rate Ihnen, sich ebenfalls einen Anwalt zu nehmen. Vielleicht können Sie den Prozess ja noch bis ins Frühjahr hinauszögern.«

Wieder lachte er verächtlich.

»Ich lasse Ihnen die Unterlagen per Post zukommen.«

»Kann man Sie noch umstimmen?«, fragte Trumpfheller.

Hillenberger saß nur stumm auf seinem Stuhl.

»Ich fürchte nein.«

»Vielleicht aber doch«, sagte Hillenberger leise. »Vielleicht kommen Sie nachher noch einmal mit in mein Büro. Dann kann ich Ihnen noch einmal erklären, was genau wir diese Spielzeit mit Ihrem Geld machen. Vielleicht kann Sie das überzeugen.«

»Ich fürchte, das ist vergebene Liebesmüh.«

»Sagen wir nach Probenschluss? Halb sieben?«

Werner stand auf. Er reichte Trumpfheller die Hand, dann Hillenberger.

»Es ist zwecklos«, sagte Werner.

»Ich bitte Sie«, flehte Hillenberger.

»Halb sieben in Ihrem Büro. Ich hoffe, Sie vergeuden nicht nur meine Zeit.«

Werner drehte sich um und verließ das Büro. Hillenberger setzte sich wieder hin. Er fühlte sich träge, wie ein Sack Mehl.

»Glauben Sie wirklich, Sie können ihn noch einmal umstimmen?«, fragte Trumpfheller verwundert.

»Ich hoffe es. Sonst ist das Stück verloren.«

Er sagte das, als ginge es um ein Kind und er habe als sein Erziehungsberechtigter gerade eben erfahren, dass es auf die schiefe Bahn geraten sei und Drogen nehme.

»Wann sagen wir es der Truppe?«, frage Trumpfheller.

»Morgen nach der Probe.«

Wenn sich die Sache bis morgen nicht klären ließ. Noch hatte Hillenberger Hoffnung.

Der Streit

Hillenberger hatte sich nicht auf die Probe konzentrieren können. Immer wieder waren seine Gedanken um das gekreist, was Werner ihnen offenbart hatte. Denn eine Art Offenbarung war es gewesen. Eine gewaltige Macht, die Hillenberger daran zu hindern drohte, das Stück – sein Stück – aufzuführen.

Nach der Mittagspause hatte er es aufgegeben, den Proben zu folgen. Er hatte Katherina Batke gesagt, er müsse hoch ins Büro und sie solle die Proben allein leiten. Auf ihre Frage, was er zu klären hätte, hatte er irgendwas von Unzufriedenheit mit den neuen Kulissen gefaselt.

In seinem Büro gab es für ihn noch genug zu tun. Er musste die neuen Texte überarbeiten und für die morgige Probe vorbereiten. Wenn es denn überhaupt noch eine weitere Probe gegen würde. Hillenberger sah sich vor seinem inneren Auge schon vor einem geschlossenen Theater stehen.

Blödsinn, sagte er sich. Es wird alles gut. Du musst einfach nur weiterarbeiten.

Doch er konnte sich nicht mehr auf den Text konzentrieren. Er sah zur Uhr. Werner würde erst in zwei Stunden kommen. Hillenberger lief auf und ab, setzte sich immer wieder an seinen Schreibtisch, bis er zu unruhig wurde und wieder aufstand. Er las das Textbuch, versank in Reichenbachs Sprache, seinen Bildern, seinen Figuren. Er las die neu verfassten Szenen, empfand sie als unwert, zerknüllte sie und warf sie in den Mülleimer, holte sie wieder heraus und strich sie glatt. Er blätterte durch den dicken Ordner, den er über Reichenbachs Tod in seinem Büro hatte. Es war einer von vier Ordnern, die Hillenberger im Laufe der Zeit angelegt hatte. Er las von Reichenbachs Alkoholsucht, seiner Depression und seinem Sprung in die Tiefe. Hillenberger hatte immer noch nicht das Rätsel lösen können, das diesen Mann umgab: Wieso hatte er sich das Leben genommen? Eine Zeit lang war Hillenberger davon überzeugt gewesen, Reichenbachs Frau habe ihn in den Tod getrieben. Doch er musste nur einen der veröffentlichten Tagebucheinträge lesen, die einmal in einer Fachzeitschrift abgedruckt worden waren, um zu wissen, dass er falschlag. Oder einen der Briefe, die Reichenbach seiner Frau Laurianne geschrieben hatte. Hillenberger hatte sie in einem Antiquariat entdeckt. Auf seine Frage, wie sie dort gelandet waren, hatte der Verkäufer nur fadenscheinige Ausflüchte aufgezählt. Hillenberger tippte darauf, dass sie bei einem Einbruch entwendet worden waren. Reichenbachs Frau dürfte sie wohl kaum verkauft haben.

In dem Rechercheordner versank Hillenberger so sehr, dass er erst nicht wahrnahm, als Katherina Batke in sein Büro kam. Er zuckte leicht zusammen, als sie ihn schließlich ansprach.

»Was genau gefällt dir denn an den neuen Kulissen nicht?«, fragte sie.

»Was?«

Hillenberger hatte ganz vergessen, unter welchem Vorwand er die Proben verlassen hatte.

»Du hast vorhin gesagt, du müsstest etwas wegen einer Fehlkonstruktion der Kulissen klären.«

»O, das. Da war doch nichts«, sagte er. »Es tut mir leid, Katherina, ich musste einfach mal allein sein. All der Druck, die Proben, die ständigen Problemchen im Ensemble – das zehrt an mir.«

Hillenberger hoffte, dass er Katherina mit diesem Zugeständnis beruhigen konnte.

»Aber jetzt geht es schon wieder. Ich glaube, ich brauche nur eine große Mütze Schlaf. Vielleicht sollte ich heute mal pünktlich Schluss machen.«

»Wir wollten eigentlich noch mal über unsere Szenen drüberschauen.«

»Das machen wir morgen. Jetzt muss ich wirklich los«, sagte Hillenberger.

»Wie du willst. Dann mache ich für heute auch Feierabend.«

Katherina verließ das Büro. Hillenberger blieb, wo er war. Er sah auf die Uhr. Fünf vor halb.

Als er endlich kam, nahm Daniel Werner den Raum ein. Neben ihm fühlte Hillenberger sich ganz klein auf seinem Stuhl. Es schien von vornherein klar, wer aus diesem Gespräch als Sieger hervorgehen würde.

»Also, was haben Sie mir zu sagen, Herr Hillenberger?«, begann Werner.

»Ich …«, fing Hillenberger gerade an, als sein Smartphone vibrierte. Es war Laura Pracht. Hillenberger wählte ANRUF ABLEHNEN aus und schob das Smartphone in die Innentasche seines Jacketts.

»Verzeihung«, sagte er.

»Es ist Ihre Zeit, die abläuft. Ich habe nur eine halbe Stunde für Sie«, sagte Werner.

»Ich komme auch direkt zum Punkt, Herr Werner. Ich weiß, dass die Krise Sie hart getroffen hat. Aber seien wir ehrlich: Die Kulturbranche wurde umso härter getroffen.«

Hillenberger suchte verzweifelt nach Worten. Er hatte den ganzen Tag über versucht – zumindest sagte er sich das –, sich auf dieses Gespräch vorzubereiten, sich stichhaltige Argumente zurechtzulegen, doch sein Kopf war leer geblieben. Er war nicht dazu im Stande gewesen, einen klaren Gedanken zu fassen. Er hoffte nur, dass Werner nicht merkte, dass er keine Strategie hatte.

»Das stimmt. Doch ich dachte, Sie wollten direkt zum Punkt kommen.«

»Darf ich Ihnen ein Glas Whisky anbieten?«, fragte Hillenberger.

»Nein, danke. Aber trinken Sie ruhig, wenn Sie wollen.«

Hillenberger goss sich selbst ein Glas ein.

»Ich hatte gehofft, dass die Situation so ähnlich ist wie 2017.«

Vor fünf Jahren hatte Daniel Werners Firma ebenfalls eine leichte Krise durchmachen müssen. Damals waren die Zahlungen, die sonst immer zum Beginn eines Quartals an das Theater gingen, mit einem Monat Verzögerung eingegangen. Man hatte sich damit arrangiert, ein paar Rechnungen hinausgezögert und einige Bereiche wie die Licht- und Tonmischung ausgelagert. Alles in allem hatte das Theater die Situation gut überstanden. Von einer kompletten Streichung des Sponsorings war jedoch nie die Rede gewesen.

»Leider muss ich Sie in diesem Punkt enttäuschen«, sagte Werner. »Die letzten zwei Jahre haben dazu geführt, dass ich mein ganzes Unternehmen umstrukturieren musste. Und dabei fiel immer wieder dieser eine Posten ins Auge. Knappe 500 000 jährlich an ein kleines Theater. Einnahmen, die durch diese Investition entstanden sind: Null. Ich brauche keinen Finanzberater, um zu erkennen, wo ich als Erstes die Schere ansetzen muss.«

Hillenberger nippte an seinem Whisky. Wieder fiel ihm der Zeitungsartikel über Werner ein.

»Wurden Sie nicht von irgend so einer Finanzzeitung zum Unternehmer des Jahres gewählt, weil Sie trotz Wirtschaftskrise einen Rekordumsatz zu verbuchen hatten?«

Werner lächelte müde.

»Das stimmt wohl«, sagte er, »doch Sie dürfen nicht vergessen, dass ich nur deshalb so erfolgreich war, weil ich nicht wie all die anderen sinnlose Investitionen getätigt habe. Ich habe mich auf das konzentriert, was den Kern meines Geschäfts ausmacht: Waren von A nach B zu transportieren. Und zwar so schnell und energieeffizient wie möglich.«

»Aber es ging bei den Geldern für das Theater doch nie um eine Investition. Es ging um das Vermächtnis Ihres Großvaters«, sagte Hillenberger. Allmählich gingen ihm die Argumente aus. In einem Moment der Klarheit hätte er sich eingestehen müssen, dass er keine wirklichen Argumente vorzuweisen hatte.

Werner lachte verächtlich.

»Das Vermächtnis meines Großvaters sind ein paar wunderschöne Zeitungsartikel, Preise und eine billige Biografie, die kein Mensch gelesen hat. Er hat doch mit dem Heigeltheater nichts mehr am Hut gehabt. Dass er diesen irrsinnigen Wunsch – diese Stätte des Dilettantismus zu fördern – auf dem Totenbett geäußert hat, war wohl eher seiner fortgeschrittenen Demenz zuzuschreiben.«

Hillenberger erschrak über die rohen Worte. Er dachte wieder an seinen Traum, an die explodierende Bombe. Das war sie. Die Bombe platzte und er konnte nichts tun.

»Ich bitte Sie, bleiben Sie sachlich.«

»Sachlich? Ich sage Ihnen, was Sache ist: Das Theater ist ein Verlustgeschäft auf ganzer Linie. Sie schaffen es seit Jahren nicht, ein Stück zu inszenieren, das die Leute sehen wollen. Kein Mensch will heutzutage noch ‚Warten auf Godot‘ sehen und erst recht nicht, wenn es von einer so rumpeligen Truppe aufgeführt wird.«

Hillenberger wollte einwenden, dass sie aktuell mit Janosch von Hofen einen echten Star im Ensemble hatten, doch Werner ließ ihm keine Chance.

»Sie hätten sich spezialisieren sollen. Wieso haben Sie kein Theater für Schüler gemacht? Lehrer suchen immer wieder nach günstigen Aufführungen der Standardwerke. Faust, Brecht, weiß der Geier was sonst noch. Vielleicht sogar Kinderstücke, wie ‚Die Schneekönigin‘. Aber Sie haben wie ein Schweizer Uhrwerk Mist inszeniert. Ich habe bereits vor Jahren mit Trumpfheller darüber gesprochen, dass sie Sie endlich entlassen soll, aber irgendwie konnte ich sie nicht überzeugen.«

Das alles prasselte auf Hillenberger ein und er hatte Mühe, die Anschuldigungen zu verarbeiten. Er wusste, wie es dazu gekommen war, dass Helena Trumpfheller ihn nicht entlassen hatte. Bianca Mayer hatte ihm von dem Ansinnen ihres Mannes eines Nachts im Bett erzählt. Er hatte nie etwas gesagt oder gar verlangt, aber am nächsten Morgen war Helena Trumpfheller zu ihm gekommen und hatte ein Gespräch mit ihm geführt. Hillenberger hatte deutlich herausgehört, dass sie von zwei Personen auf ihn angesprochen worden war. Die eine war Daniel Werner

gewesen, die andere zweifelsohne dessen damalige Frau Bianca. Damals hatte Trumpfheller auf Bianca Mayer gehört,
ob sie das heute auch noch täte?

»Mein Entschluss steht unumstößlich fest«, sagte Werner
jetzt. »Ich fürchte, Sie können den Laden innerhalb des
nächsten Vierteljahres dichtmachen.«

Hillenberger wusste, dass er verloren hatte.

»Können Sie uns nicht wenigstens einen Aufschub von
einem halben Jahr gewähren? Frau Trumpfheller findet in
dieser Zeit bestimmt einen neuen Vertragspartner.«

»Ich glaube, Sie haben mich nicht richtig verstanden. Ich
halte Sie für einen miserablen Regisseur. Glauben Sie allen
Ernstes, dass Sie noch von irgendwem Unterstützung erhalten, wenn die Leute sich Ihr Theater erst einmal genauer
angesehen haben?«

»Ich …«, versuchte es Hillenberger erneut, doch Werner
kam jetzt erst richtig in Fahrt.

»Sie sind ein lausiger Regisseur, der nicht weiß, was sein
Publikum will. Sie wissen nicht, wie Sie mit den Schauspielern umgehen müssen – glauben Sie mir, ich habe mich
über Sie erkundigt –, und Sie sind eine Katastrophe, wenn
es darum geht, ein eigenes Drehbuch zu verfassen oder ein
bestehendes umzugestalten.«

»Sie haben doch keine Ahnung!«

»Ich sage nur ›Blutige Post‹. Ich glaube, ich muss nichts
aus Ihrem Machwerk zitieren, Sie wissen auch so, dass Sie
Mist abgeliefert haben. Und die meiste Arbeit an den Szenen fünf, sechs und sieben Ihres neuen Stücks haben ja
wohl Batke und die Kleine von der Uni gemacht. Sie haben
einen Haufen Scheiße dazu beigetragen.«

Hillenberger spürte, wie die Wut in ihm hochkochte.
Was erlaubte dieser reiche Schnösel sich eigentlich? Nie-

mand kannte Reichenbachs Stück besser als er, folglich war niemand besser dafür geeignet, die fehlenden Szenen zu ersetzen. Und überhaupt: Seit wann glaubte Werner, er verstehe etwas von Kunst? Er würde ein Kunstwerk noch nicht einmal erkennen, wenn es ihm ins Gesicht pinkelte.

»Es ist schon schlimm genug, dass Sie dieses Stück ausgewählt haben. Prätentiöser Schwachsinn eines armen Irren, der, indem er sich umgebracht hat, das einzig Richtige getan hat. Ein alter Säufer, der in seinem Leben nichts Bedeutendes geschaffen hat. Von daher passt er irgendwie zu Ihnen.«

Hillenberger fühlte, wie die Wut, die in der letzten halben Stunde in ihm angewachsen war, nun in seinem Körper vibrierte, wie ein Wassertropfen auf einer heißen Herdplatte. Er spürte, wie sie sich unweigerlich einen Weg nach oben bahnte. Gleich würde sie durchbrechen und sein Bewusstsein erdrücken, die Kontrolle übernehmen.

Daniel Werner lachte laut auf. Es war das letzte Lachen seines Lebens.

»Im Grunde tue ich der Theaterwelt einen großen Gefallen, wenn ich den Laden hier dichtmache.«

Besessen

Ignatius Reichenbach sieht immer öfter große Flecken schwarzen Schimmels in ihrer Maisonette. Der Schimmel sitzt überall: Auf Wänden, an der Decke, dem Fußboden und sogar an manchen Möbeln. Anfangs hat er noch versucht, die Flecken zu entfernen. Zu immer härteren Mitteln hat er gegriffen. Doch die Flecken sind immer über Nacht zurückgekommen und am nächsten Morgen größer als am Abend zuvor.

Also hat er aufgegeben. Er hat seine Niederlage akzeptiert. Vor allem, da Laurianne die Flecken nicht zu bemerken scheint. Sie muss blind sein. Dass er es ist, der einer Störung unterliegt, darauf kommt er nicht.

Jetzt macht er erneut eine Tour durch die Wohnung und hält nach neuen Flecken Ausschau. Er hat auf dem Trödelmarkt einige geschmacklose Bilder gekauft, die er vor die schwarzen Stellen hängen will. Auf einige der alten Bilder ist der Schimmel bereits übergesprungen, so dass er sie im Ofen verbrannt hat. Lauriannes Bilder will er für diesen Zweck nicht missbrauchen. Vielmehr muss er sie beschützen. All diese Kunstwerke, wie »Das Haus in der Stille« oder »Der verwurzelte Mensch«.

Mühsam steigt er die Treppe nach oben. Er hat in den letzten Wochen eindeutig zu viel Gewicht verloren. Sein

Herz hämmert wie wild. Er hängt eines der Bilder am oberen Treppenabsatz auf. Ein anderes kommt direkt neben die Tür zu seinem Arbeitszimmer. Endlich erreicht Ignatius sein Arbeitszimmer. Erschöpft setzt er sich an seinen Schreibtisch und beginnt zu schreiben. Das Stück, an dem er arbeitet, ist eigentlich schon fertig. Doch einige Szenen in der Mitte des Stücks gefallen ihm nicht. Nichtssagendes Gelaber in der Dorfschenke, reine Zeitschinderei, damit das Stück irgendwie auf eine angemessene Länge kommt. Ignatius nimmt die entsprechenden Seiten und knüllt sie zusammen. Als er sie in den Mülleimer werfen will, kommt ihm eine Idee. Ignatius weiß, dass er sie früher oder später wieder hervorholen und noch einmal nur den gleichen Mist schreiben wird, den er so verabscheut. Er nimmt die zerknüllten Seiten und geht damit nach unten zum Ofen. Er öffnet die Luke und wirft die Blätter in die Flammen. Sie werden augenblicklich verzehrt.

Reichenbach schließt die Luke zufrieden. Er geht wieder hoch in sein Arbeitszimmer. Erneut lässt er sich erschöpft auf dem weichen Sitzkissen seines Arbeitsstuhls nieder. Er muss dringend zunehmen. Laurianne wollte ihn schon zum Arzt schicken. Er konnte sie gerade noch überreden, dass das unnötig sei.

Als er anfangen will zu schreiben, fällt sein Blick auf die Notiz, die auf seinem Schreibtisch liegt. Die Schrift ist weder seine noch die seiner Frau. Auf dem kleinen weißen Blatt Papier stehen nur zwei Worte: TÖTE SIE!

Ignatius hält erschrocken den Atem an. Sein Kopf pocht. Er erkennt die Handschrift sofort, weiß aber auch, dass es unmöglich ist, dass dieser Zettel auf seinem Tisch liegt. In seiner Welt.

Er nimmt den Zettel, zerknüllt ihn und geht erneut runter zum Ofen. Das Blatt geht sofort in Flammen auf. Mit

einem Siegerlächeln im Gesicht starrt Ignatius in das lo-
dernde Feuer. Er beschließt, heute nicht mehr an seinem
Stück zu schreiben. Stattdessen macht er einen Spaziergang.

Am Abend liegt Ignatius wach im Bett. Laurianne liegt neben ihm und schläft. Ihr Atem geht regelmäßig. Ignatius
starrt die Decke an. Er hat Laurianne nichts von dem No-
tizzettel erzählt. Wie hätte er es auch erklären können, wo
er es doch selbst nicht versteht. Er beschließt, am nächsten
Morgen mit ihr darüber zu reden. Vielleicht.

Nach einiger Zeit werden seine Augen schwer und Ignatius gleitet hinüber in die andere Welt …

*Er steht in der Mitte des Dorfplatzes. Der Brunnen befin-
det sich links von ihm. Direkt dahinter sieht Ignatius die
Dorfschenke. Er geht auf die Wirtschaft zu. Er hofft, dort
den Kommissär oder wenigstens dessen Frau anzutreffen.
Als er am Brunnen vorbeigeht, nimmt er den Geruch der
Fäulnis wahr, der zu ihm weht. Ignatius hält den Atem an.
Er befürchtet das Schlimmste. Er rennt mehr, als er geht. Und
als er endlich an der Dorfschenke angekommen ist, sieht er
seine Vermutung zu seinem Entsetzen bestätigt.*

*Die Fassade ist über und über mit schwarzem Schimmel
überzogen. Dicke Sporen hängen von der Holztür herab wie
Strohsterne vom Weihnachtsbaum.*

»Nein, nicht auch noch hier!«, schreit Ignatius.

*Von drinnen hört er Geräusche. Sein Schrei muss die Be-
sucher der Wirtschaft auf ihn aufmerksam gemacht haben.
Die Tür wird geöffnet und die arme Frau, der Pfarrer und
noch ein paar andere, die Ignatius nicht kennt, kommen
heraus. Sie bleiben zwei Meter vor ihm stehen und bilden
einen unförmigen Halbkreis.*

»Was … was geht hier vor?«, fragt Ignatius.

»Töte sie!«, rufen die Leute im Chor.

»Was?«

»Töte sie, bevor es uns tötet! Töte Laurianne!«

»Nein, ich kann nicht«, winselt Ignatius.

Der Pfarrer löst sich aus der Menge. Er kommt auf ihn zu. Dunkle Schimmelflecken bedecken sein Gesicht. Sie scheinen zu pulsieren. Er streckt seine Hand nach Ignatius aus, der erschrocken zurückweicht.

»Du musst, mein Sohn. Du musst.«

Ignatius erwacht schweißgebadet neben Laurianne. Sein Herz hämmert von innen gegen seine Brust. Mühsam steigt er aus dem Bett. Mit vorsichtigen Schritten geht er runter ins Wohnzimmer. Er braucht einen Schnaps. Er öffnet eine Flasche Cognac und gießt sich ein Glas ein. Er stürzt es in einem Zug herunter.

Du musst die Finger von dem Stück lassen, denkt er. Doch er weiß, dass er das nicht kann. MORD OHNE SINN ist sein erstes Stück von Belang. Er muss es beenden oder er kann sich nie wieder im Spiegel ansehen.

Du hättest auf sie hören sollen. Sie hat dich genau hiervor gewarnt, ist sein zweiter Gedanke.

Schließlich sagt er laut zu sich selbst: »Die Sache ist doch ganz einfach. Ich darf nicht mehr träumen!«

Ignatius hat jetzt die dritte Nacht in Folge nicht geschlafen. Er ist immer mal wieder eingenickt, doch nie in tiefen erholsamen Schlaf gefallen. Sein Körper ist ausgezehrt. Aber er hat nicht wieder vom Dorf geträumt: Keine Schimmelflecken mehr, die verzerrte Gesichter überziehen, so dass sie zu unheimlichen Fratzen werden.

Und er hat kein Wort mehr geschrieben. Das Manuskript liegt jeden Tag auf seinem Schreibtisch und verhöhnt ihn. Er starrt es mehrere Stunden an, ohne ein Wort zu tippen. Schließlich gibt er sich jedes Mal geschlagen und räumt es in die Schreibtischschublade zurück.

Laurianne redet jeden Tag auf ihn ein, er solle sich einen Termin beim Arzt geben lassen. Ignatius belügt sie und behauptet, er habe für nächste Woche einen Termin. Laurianne tut so, als kaufe sie ihm diese Lüge ab.

Jedes Mal, wenn Ignatius mit seiner Frau in einem Raum ist, hat er ein seltsames Gefühl, das er nicht beschreiben kann. Er findet generell keine Worte mehr. Die Sprache hat ihn verlassen. Seine treue Begleiterin. Jetzt bleiben nur noch er und Laurianne, deren Nähe er nicht mehr ertragen kann.

Heute scheint draußen die Sonne. Ignatius überlegt sich, einen kleinen Spaziergang zu machen. Frische Luft wird ihm guttun. Er setzt seinen Hut auf und geht auf die Straße.

Die frische Luft tut tatsächlich gut. Ignatius fühlt sich so belebt wie schon lange nicht mehr. Mit immer größer werdenden Schritten geht er die Straße entlang. Er schlendert durch die Gassen Wiens, geht vorbei an kleinen Cafés und schmucken Läden. Vor einem Juweliergeschäft bleibt er stehen. Ihm fällt ein, dass er seiner Frau schon lange kein Geschenk mehr gemacht hat. Vielleicht hilft ihm das, sich in ihrer Gegenwart wieder wohler zu fühlen.

Er betritt das Geschäft. Drinnen betrachtet er eine ganze Weile die Schmuckauslage. Er entscheidet sich für eine Halskette. Der Verkäufer versichert ihm, dass seine Frau sich über dieses Geschenk freuen wird.

Ignatius glaubt den Verkäufer irgendwoher zu kennen.

Abends in der Küche steht Laurianne an der Spüle und wäscht die Teller ab. Ignatius hat vorgegeben, sich hinzulegen. Er geht hinaus zur Garderobe und holt die Halskette aus seiner Manteltasche. Er hat sie gleich dort gelassen, da er sich zu schwach fühlte, sie nach oben zu tragen.

Als er wieder in die Küche kommt, ist Laurianne gerade mit dem letzten Teller fertig und lässt das Wasser aus dem Spülbecken laufen.

»Ich dachte, du wolltest dich ausruhen«, sagt sie nur.

»Vorher habe ich noch etwas für dich«, sagt Ignatius.

»Ach ja?«

Laurianne lächelt. Es tut Ignatius weh, wie schön seine Frau ist. Sie sieht so schön aus, wenn sie lächelt. So frech.

»Ich war vorhin einkaufen«, sagt Ignatius. »Ich habe dir ein Geschenk gekauft.«

»Da bin ich aber gespannt.«

»Dreh dich um.«

Laurianne dreht ihm den Rücken zu. Ignatius tritt von hinten an sie ran. Er streicht ihr die Haare aus dem Nacken und legt die Halskette um ihren Hals. Mit zittrigen Fingern schließt er den Verschluss.

Als sie sich wieder zu ihm umdreht, ist ihr Gesicht eine mit Schimmel überzogene Fratze. Sie öffnet den Mund, doch nicht ihre Stimme kommt heraus, sondern die des Pfarrers.

»Töte sie!«, brüllt der Pfarrer.

Ignatius stößt seine Frau im Schock von sich weg. Sie strauchelt zurück und schlägt hart mit dem Kopf gegen die Tischkante. Reglos bleibt sie am Boden liegen. Neben ihrem Kopf bildet sich eine dunkelrote Lache. Ihr Gesicht hat einen Ausdruck des Schreckens angenommen.

Ignatius greift zu dem Küchenmesser, das noch im Spülbecken liegt und beugt sich über seine Frau.

»Tu es nicht!«, hört er eine Stimme rufen.

Sie scheint direkt in seinem Kopf zu sein und Ignatius weiß genau, wem sie gehört.

Mit großer Mühe richtet er sich wieder auf. Verwirrt blickt er auf seine Frau herunter. Er tritt einige Schritte zurück. Vielleicht sollte er auf den Rat des Kommissärs hören.

Verwurzelt

Hillenberger blieb in der Tiefgarage einen Moment lang in seinem Wagen sitzen. Wie noch nie zuvor in seinem Leben wünschte er sich, er könnte jetzt eine Zigarette rauchen. Da er vor einem halben Jahr mit dem Rauchen aufgehört hatte, lagen in seinem Auto aber keine Zigaretten mehr. Doch in seiner Wohnung müssten noch welche sein, da ist er sich sicher. Hatte er nicht in seinem Arbeitszimmer noch eine Schachtel deponiert? Eine Art Rettungsboot für den Fall, dass er den Absprung nicht schaffen würde.

Er atmete einmal tief durch, dann stieg er aus dem Wagen. Er ging hinauf zu seiner Wohnung. Mit zittrigen Fingern schloss er die Wohnungstür auf und trat in die kurze Diele. Er versuchte die Tür so geräuschlos wie möglich zu schließen. Als die Tür ins Schloss fiel, drehte er den Schlüssel zweimal um. Das tat er sonst nie. Dann ging er hastig in sein kleines Arbeitszimmer. Er riss alle Schubladen auf, sah unter jeden Papierstapel, wühlte sich durch die Sedimente der vergangenen sechs Monate und wurde schließlich fündig. Ganz hinten in einer der Schubladen fand er, wonach er suchte: Eine Schachtel Marlboro. Es waren noch genau drei Zigaretten in der Packung. Hillenberger schnippte eine heraus, wie er es früher immer getan hatte und warf sie sich mit einer Drehung in den Mundwinkel – ein Kunststück, für das ihn auf dem Gymnasium immer alle bewundert hatten. Er kramte das Feuerzeug aus der Küchenschublade hervor und steckte die Zigarette an. Der erste Zug war herrlich. Er spürte, wie ihn die Ruhe überkam und gleichzeitig das Adrenalin aus seinem Körper spülte.

Langsam ging er hinüber ins Wohnzimmer. Sein Blick fiel wie so oft auf das Bild an der Wand. Der Mann, der mit den Baumwurzeln verwachsen war. Und plötzlich wurde Hillenberger klar, was dieses Bild in ihm ansprach. »Ich bin du«, schien der Mann zu sagen. Es war ein Bild von ihm, wie er war, wie er sich sah. Er war es, der sich an den Bäumen festhielt. Nur war es kein Festhalten, sondern vielmehr ein Stützen. Hillenberger stützte das Theater. Ohne ihn als tragende Säule würde das Theater, das Ensemble, das Stück in sich zusammenfallen. Er war es, der alles aufrechterhielt.

Und gleichzeitig war er mit dem Theater verwurzelt. Es nährte ihn, spendete ihm Leben.

Hillenberger sah es jetzt ganz klar. Er konnte nicht ohne das Theater leben und das Theater konnte nicht ohne ihn existieren. Diese Erkenntnis traf ihn wie ein Schlag. Er war plötzlich nur noch müde und erschöpft. Hillenberger drückte die Zigarette in einer Blumenvase aus und ging ins Badezimmer. Er zog sich aus und stopfte alles, was er getragen hatte, in die Waschmaschine. Jackett, Hemd, Hose, Socken. Einfach alles. Er schaltete die Maschine ein. Dann ließ er sich ein heißes Bad ein. Er ging nackt ins Wohnzimmer und goss sich ein Glas Whisky ein. Dann stieg er in die Badewanne und genoss die Hitze des Wassers auf seiner Haut und das Brennen des Whiskys in seinem Rachen. Er schloss die Augen und lehnte sich zurück. In der Dunkelheit sah er immer wieder das Bild des verwurzelten Mannes. Das Bild von sich, wie er das Theater stützte.

Er fragte sich, wie sich die Mörder in Reichenbachs Stück gefühlt hatten. Wer auch immer es gewesen sein mochte, der das kleine Mädchen nachts auf der Straße erstochen hatte. Hatte dieser jemand Erleichterung verspürt, als er dem armen Ding das Messer ins Herz gestoßen hatte? Hatte der Mörder aus freien Stücken gehandelt? Oder hatte die Dunkelheit ihm diese Tat diktiert?

Und mit einem Male wusste Hillenberger, dass die Dunkelheit, die die Dorfbewohner befallen hatte, auch ihn ergriffen hatte. Nur hatte sie ihn nicht zum Monster gemacht, das nachts unschuldige Kinder meuchelte. Vielmehr hatte die Dunkelheit ihn dazu verdammt, das Stück aufzuführen, der ganzen Welt von dem Schicksal der Dorfbewohner zu erzählen.

Es gab jetzt kein Zurück mehr. Hillenberger musste das Stück aufführen. Es würde seine letzte Inszenierung werden und sie musste perfekt werden. Perfekt bis ins letzte Detail.

Tor zur Mitternacht

Ignatius nickt mitten am helllichten Tage am Küchentisch ein. Sein Kopf wird ihm auf einmal zu schwer. Er erträgt die Schlaflosigkeit nicht mehr. Seit Tagen hat er kein Auge mehr zugetan, zu eindringlich war die Warnung seines Besuches. Er schreckt hoch, als das Weinglas, das er eben noch in der Hand gehalten hat, am Boden zerschellt.

Laurianne, die das Klirren der Scherben gehört hat, kommt in die Küche. Besorgt sieht sie Ignatius an und rüttelt ihn sanft an der Schulter.

»Wach auf, mein Schatz«, flüstert sie.

Ignatius schreckt hoch.

»Habe ich geschlafen?«, fragt er verwundert.

»Ja, endlich hast du geschlafen.«

Laurianne hat nicht übersehen, dass ihr Mann immer länger wach geblieben ist.

»Allerdings wäre es mir lieber, du würdest im Bett schlafen oder wenigstens auf dem Sofa. Dann müsstest du keine Gläser mehr zerschlagen.«

Ignatius knurrt mürrisch.

»Ich will nicht schlafen. Darf nicht schlafen.«

»Das ist doch Blödsinn«, sagt Laurianne. »Du solltest wirklich mal mit Doktor Amsel sprechen. Er kann dir bestimmt helfen.«

»Ich gehe zu keinem Arzt«, blafft Ignatius.

Er steht auf, stapft trotzig aus der Küche und geht Richtung Arbeitszimmer. Laurianne folgt ihm.

»Wie wäre es, wenn du Urlaub auf dem Land machst? Das hat dir beim letzten Mal auch geholfen.«

Ignatius bleibt abrupt stehen. Sie haben Lauriannes Atelier erreicht. Auf der Staffelei steht ein unfertiges Bild mit zwei Bäumen links und rechts. Ignatius sieht es einen Moment lang an. Dann dreht er sich zu Laurianne um.

»Ich kann doch nicht pausenlos Urlaub irgendwo auf dem Land machen. Es wird nichts bringen. Diesmal liegen die Dinge anders. Es ist nicht so, dass ich nicht wüsste, worüber ich schreiben soll. Ich sehe alles klar vor mir. Aber ich weiß nicht, was hinter all dem steckt. Und mit dem Schlaf hat das nichts zu tun.«

»Ich bitte dich doch nur, zu Doktor Amsel zu gehen. Er wird dir helfen. Du brauchst einen Arzt, bevor es zu spät ist.«

Laurianne sieht ihren Mann an und weiß im gleichen Moment, dass es bereits zu spät ist. Doch ist es nicht meistens so, dass man die Dinge erst erkennt, wenn man nichts mehr ändern kann? Dass es immer zu spät ist, wenn man eine Krankheit erkennt? Ihre Mutter wurde von einer Lungenentzündung dahingerafft. Die Ärzte hatten sie erst bemerkt, als die Mutter schon zu schwach war. Ihre Freundin war an einem Magengeschwür gestorben. Auch hier hatte der Arzt noch gute Ratschläge gegeben, doch leider vergebens. Laurianne hat panische Angst um ihren Mann.

»Ich bitte dich, geh zu Doktor Amsel. Sonst …«

Laurianne bricht mitten im Satz ab.

»Was ist sonst?«

Ignatius sieht die Tränen, die seiner Frau übers Gesicht rollen. Er kann sich nicht daran erinnern, dass er sie schon einmal so hat weinen sehen. Sein Magen zieht sich zusammen. Er spürt, dass er offen mit ihr reden müsste, doch er kann es nicht. Sie würde ihn für verrückt halten. Tief in sich hält Ignatius sich bereits selbst für verrückt.

»Sonst ist es vielleicht schon zu spät. Und ich weiß nicht, ob ich es ertragen kann.«

»Es ist gut. Ich gehe zu Doktor Amsel. Gleich morgen früh.«

In der Nacht versucht Ignatius krampfhaft, sich wachzuhalten. Er kann es nicht ertragen, dem Mädchen erneut zu begegnen – seiner Schöpfung, die er vernichtet hat. Er zählt bis hundert, dann auf Französisch bis tausend und schließlich auf Latein. Aber letzten Endes muss er sich der Gravitation der Nacht geschlagen geben. Seine Augen fallen zu und mit einem ruhigen letzten Atemzug stürzt er aus der Welt.

Er fällt auf den Dorfplatz des kleinen Bergdorfes, in dem er vor einem Monat noch Urlaub gemacht hat. Die Kirche, der Brunnen, das Wirtshaus. Alles ist genauso, wie er es in Erinnerung hat. Hektisches Treiben herrscht auf dem Platz vor dem Wirtshaus. Ignatius meint, einige Bewohner des Dorfes wiederzuerkennen. Ist die Frau diejenige, die ihm im letzten Sommer den Weg zum Wirtshaus beschrieben hat? Oder der Mann, der die Schenke verlässt. Ist das der Bauer, über dessen Felder er spaziert ist?

Ignatius geht langsam auf die Wirtschaft zu. Die Welt um ihn herum existiert weiter. Er atmet die klare Luft. Aus der Schenke strömt der Duft von gebratenem Fleisch. Ignatius betritt das Wirtshaus. Unzählige Eindrücke prasseln auf ihn ein. Der kleine Raum ist zum Bersten gefüllt. An einem Tisch ist noch ein Platz frei. Ignatius bestellt sich ein Bier und setzt sich an den freien Platz.

»Sind Sie von außerhalb?«, fragt der Mann neben ihm.

»Aus Wien«, sagt Ignatius.

Es erscheint ihm vollkommen logisch, mit dem Mann zu reden.

»Aus der Stadt? Da sind Sie nicht der Einzige hier«, sagt der Mann.

»So, ist denn noch jemand aus der Stadt hier?«

»Der Kommissär. Herr Matheo. Dort drüben sitzt er. Macht den ganzen Tag nix anderes, als die Leute hier zu belästigen. Fragt jeden, wo er gestern war – oder vorgestern.«

»Er befragt die Dorfbewohner?«

»Ja. Er soll rausfinden, wer hier die ganzen Leute abschlachtet«, sagt der Mann.

»Er sucht einen Mörder?«

»Eher ein Tier. Erst gestern Nacht hat es dem kleinen Mädchen von der Rosi das Herz durchbohrt. Mit einem Messer. Muss grauenhaft gewesen sein. Wenigstens ging es schnell. Aber das arme kleine Ding.«

»Er hat ein Mädchen ermordet?«, fragt Ignatius.

»Ja. Und der Kommissär soll das Schwein zur Strecke bringen.«

Die Wirtin kommt mit einem Krug kühlen Schnaitl. Ignatius wird klar, dass er kein Geld dabeihat. Er sieht an sich herunter und stellt fest, dass er immer noch seinen Pyjama trägt.

»Das geht auf mich«, sagt sein Gesprächspartner.

Sie prosten sich zu.

»Auf die Toten!«, sagt der Mann, was Ignatius seltsam vorkommt. Dennoch stimmt er mit ein.

»Auf die Toten!«

Sie trinken stumm ihr Bier.

Plötzlich wird der Raum von einem lauten Schellen erfüllt. Keiner der Gäste scheint etwas zu bemerken, nur Ignatius hält sich die Ohren zu. Vor seinen Augen zerreißt die Welt, die Leute um ihn herum lösen sich in nichts auf, Dunkelheit breitet sich aus.

Ignatius erwacht in seinem Bett. Mit seiner linken Hand tastet er nach dem Wecker auf seinem Nachttisch. Er kann sich nicht daran erinnern, den Wecker gestellt zu haben. Verwundert schaltet er ihn aus. Viel wichtiger ist, dass er tatsächlich geschlafen hat. Tief und fest. Er spürt die Energie in sich, den Drang, an die Arbeit zu gehen, das Erlebte aufzuschreiben, in das Stück einzuarbeiten.

Er eilt nach unten in sein Arbeitszimmer und setzt sich an den Schreibtisch. Fieberhaft überlegt er, was der Mann in der Gaststätte ihm erzählt hat. Er hat von Matheo gesprochen – und von dem Mädchen. Nichts, was Ignatius nicht schon wüsste. Er nimmt ein leeres Blatt Papier und skizziert das Innere der Schankstube. Als er die Gäste einzeichnet, fällt ihm noch jemand ein, den er in seinem Traum gesehen hat: Ein Bauer, der die Dorfschenke gerade verlassen hat, als Ignatius die Welt betreten hat. Ignatius notiert auf dem Blatt: WER IST DER BAUER?

Dann geht er nach unten in die Küche und kocht Kaffee. Er hat vor, seiner Frau ein Rührei zum Frühstück zuzubereiten. Ignatius fühlt, wie der Tatendrang in ihn zurückkehrt. Er weiß, dass er jetzt keine Probleme mehr haben wird, das Stück zu schreiben. Er kennt jetzt einen Weg zur Inspiration. Er muss es nur noch einmal schaffen, im Traum in diese Welt zu finden.

Ignatius hat den ganzen Morgen lang durchgeschrieben. Er hat die Charaktere seines Stücks ausgestaltet, Dialoge verfasst und sich eine Liste von Personen gemacht, die er noch in sein Stück einflechten will. Er hat gespürt, dass der Pfarrer eine wichtige Rolle übernehmen wird. Jetzt muss er nur noch etwas mehr über ihn in Erfahrung bringen. Er steckt sich ein wenig Geld in die Hosentasche und legt sich auf das kleine Sofa in seinem Arbeitszimmer. Kurz nachdem er sich mit seiner warmen Decke zugedeckt hat, schläft er auch schon ein. Fast augenblicklich nimmt er den Geruch der kühlen Bergluft wahr.

Ignatius erwacht in sternenklarer Nacht. Er braucht einen Moment, um sich zu orientieren. Er befindet sich nicht wie in der Nacht zuvor auf dem Dorfplatz, sondern auf dem Friedhof. Er sieht eine Reihe neuer Gräber. Sie sind geschmückt mit schlichten Holzkreuzen, auf denen Name und Datum vermerkt sind. Alois Geiger am 5. Mai 1925, Marianna Geiger am 7. Mai. Ignatius notiert sich die Namen. Das letzte Grab ist kleiner als die anderen. Ignatius muss gar nicht hinsehen. Er weiß auch so, wer dort liegt.

Sie hätte so spät nicht mehr auf die Straße gehen sollen, denkt er.

»Du hättest das arme Kind trotzdem nicht umbringen müssen«, flüstert ihm eine Stimme zu.

Ignatius erschrickt. Dann wird ihm klar, dass es seine eigene Stimme ist. Er wischt den Gedanken zur Seite. Er hat sich früher schon einmal für die Schicksale seiner Charaktere verantwortlich gefühlt. Doch das half nichts. Die Geschichten müssen erzählt werden und dafür müssen Menschen sterben.

Ignatius schreibt auch noch die anderen Namen auf. Dann verlässt er den Friedhof. Er geht an der Kirche vorbei in Richtung Dorfplatz. Plötzlich nimmt er rechts von sich einen Schatten wahr. Etwas leuchtet im Dunkeln. Ignatius dreht sich ruckartig um. Er kneift seine Augen zusammen, um in der Dunkelheit etwas zu erkennen. Dann sieht er es wieder. Ein heller Fleck kommt aus dem Schatten auf ihn zu.

»Hallo, ist da wer?«, fragt eine raue Stimme.

»Guten Abend«, sagt Ignatius.

»O, guten Abend. Was machen Sie um diese Zeit hier?«, fragt die Stimme.

Der Mann ist jetzt nah genug, dass Ignatius ihn erkennen kann. Es ist der Pfarrer der Gemeinde.

»Guten Abend, Hochwürden. Ich war auf dem Friedhof, um die Toten zu betrauern.«

»Das ist gut mein Sohn. Doch warum tun Sie dies nachts?«

Ignatius weiß nicht, was er antworten soll. Schließlich weiß er nicht einmal genau, wie er in das Dorf gekommen ist.

»Ich war vor einigen Jahren schon einmal hier im Dorf«, sagt er stattdessen. »Jetzt habe ich aus der Zeitung erfahren, dass ein Unhold hier sein Unwesen treibt. Aus diesem Grund habe ich mich von Wien aus hierher auf den Weg gemacht.«

»Sogar bis nach Wien sind diese schrecklichen Nachrichten schon vorgedrungen?«

Ignatius nickt nur.

»Wollen Sie nicht mit nach drinnen kommen?«, fragt der Pfarrer. »Ich habe eben eine gute Flasche Wein geöffnet.«

»Wenn es keine Umstände macht.«

»Nein, überhaupt nicht. Im Gegenteil: Ich bin froh um ein wenig Gesellschaft.«

Sie gehen über den Kirchhof in das kleine Pfarrhaus. Drinnen ist es wohlig warm. Der Pfarrer führt Ignatius in die Küche. Im Ofen brennt ein Feuer. Sie setzen sich an den schweren Holztisch. Auf dem Tisch stehen bereits zwei Gläser, als habe der Pfarrer mit Ignatius gerechnet.

»Erwarten Sie heute noch Besuch?«, fragt Ignatius.

»Das nicht. Doch man muss allzeit bereit sein. Ich trinke nicht gerne allein. In Gesellschaft schmeckt ein Wein gleich doppelt so gut.«

Der Pfarrer schenkt ihnen beiden ein Glas ein.

»Nur kommt in letzter Zeit niemand mehr zu Besuch. Die Leute sind voller Misstrauen. Jeder verdächtigt jeden. Jeder hält jeden für das Monster. Es wird Zeit, dass die Polizei den Halunken erwischt.«

»Sagen Sie bloß, man verdächtigt auch Sie, Hochwürden.«

Der Pfarrer seufzt.

»Selbst das.«

»Haben Sie denn keine Angst, ich könnte der Mörder sein?«, fragt Ignatius.

Der Pfarrer schüttelt den Kopf.

»Irgendwie spüre ich, dass Sie mit all dem nichts zu tun haben.«

Ignatius muss schlucken. Er weiß, dass er sehr wohl etwas mit der Mordserie zu tun hat. Er wischt den Gedanken zur Seite. Er weiß, dass er das Leid in diese Welt gebracht hat, aber schließlich ist er auch der Schöpfer dieser Welt. Ohne ihn gäbe es das Dorf nicht. Und ohne das Dorf könnte er nicht schreiben.

»Ich glaube, ich muss gleich wieder gehen.«

»Wo wollen Sie denn mitten in der Nacht hingehen? Das Wirtshaus hat jetzt bestimmt schon geschlossen.«

»Ich …«, Ignatius überlegt einen Moment, ehe er weiterspricht. »Ich fahre heute Nacht noch mit dem Wagen zurück nach Wien. Vielleicht komme ich später noch einmal wieder. Aber jetzt sollte ich mich wohl verabschieden.«

»Wenn Sie wirklich bei dieser Dunkelheit fahren wollen.«
Ignatius spürt, dass er diese Welt verlassen muss. Er muss
jetzt schreiben, hat keine Zeit mehr, weiter mit dem Pfarrer
zu plaudern. Er wird wiederkommen, doch jetzt muss er an
seinem Stück weiterschreiben.
   »Ich muss jetzt wirklich los, Herr Pfarrer. Vielen Dank
für den ...«

Ignatius erwacht auf dem Sofa. Die Decke ist während
seines Aufenthalts im Dorf zu Boden gefallen. Ignatius
schert sich nicht um sie, sondern setzt sich sofort an seinen
Schreibtisch und beginnt zu arbeiten. Die Worte sprudeln
aus ihm heraus wie Lava aus einem Vulkan. Der Pfarrer
wird des Mordes verdächtigt. Das Misstrauen zerfrisst die
Gesellschaft. Die Leute werden immer paranoider. Sie bilden Bürgerwehren. Einige von ihnen fangen an, die Polizei
zu hassen. Andere verlangen nach mehr Polizei. Der Kommissär muss machtlos zusehen, wie die Situation immer
schlimmer wird.
   Ignatius notiert auf einem Blatt, mit welchen Bürgern er
auf jeden Fall noch reden muss. Schließlich steht er auf
und legt sich wieder auf das Sofa. Er versucht einzuschlafen, doch es gelingt ihm nicht. Erst jetzt bemerkt er, wie
hungrig er ist. Er steht auf und geht hinunter in die Küche.
Laurianne ist gerade dabei, Essen zu kochen.
   »Wie spät ist es?«, fragt Ignatius.
   »Halb elf«, sagt Laurianne.
   Ignatius erschrickt förmlich. Er hat erst zwei Stunden
gearbeitet, aber in dieser kurzen Zeit schon mehr zu Papier
gebracht als üblicherweise an zwei Tagen.
   »Du siehst gut aus«, sagt Laurianne.
   »Ich habe auch gut geschlafen«, antwortet Ignatius.

»In zwei Stunden ist der Braten fertig.«

Nach dem Essen legt Ignatius sich wieder auf sein Sofa. Mittlerweile sehnt er sich nach Schlaf. Denn nur im Traum findet er die Inspiration, die ihm die Realität nicht mehr geben will. Er fällt fast augenblicklich in einen tiefen Schlaf.

Sofort findet er sich auf der Dorfstraße wieder. Wieder ist es Nacht. Ignatius blickt sich um, um sich zu orientieren. Er geht die Straße entlang. An ihrem Ende kann er den kleinen Kramladen erkennen. Er beschließt, wieder zum Pfarrhaus neben der Kirche zu gehen. Ignatius geht durch die nächtlichen Straßen. Der Himmel ist klar. Kein Geräusch ist zu hören, bis plötzlich links von ihm Schritte an sein Ohr dringen. Ignatius dreht sich um und sieht einen Mann auf sich zukommen. Es ist der Fremde, mit dem er sich im Wirtshaus unterhalten und Bier getrunken hat. Ignatius will zum Gruß die Hand heben, doch etwas hält ihn davon ab. Der Fremde wirkt auf eine seltsame Art böse, beinahe dunkel – wie ein waberndes Loch in der Realität. Als der Mann bis auf drei Schritte an Ignatius herangekommen ist, reißt er auf einmal eine Axt in die Höhe. Der kalte Stahl der Klinge blitzt kurz auf. Ignatius hat keine Chance, sich umzudrehen und wegzurennen. Der Mann schwingt die Axt mit solcher Wucht, dass die Klinge Ignatius' Schädel in zwei Hälften spaltet. Er kippt vornüber. Den Aufprall auf dem staubigen Boden der Straße spürt er schon nicht mehr.

Ignatius schreckt auf seinem Sofa hoch. Er zittert am ganzen Körper. Unwillkürlich betastet er mit seiner Hand seine Stirn. Dort ist nichts. Keine Wunde, keine Narbe, nichts, was auf seinen brutalen Tod hindeuten könnte.

Mit wackligen Knien steht Ignatius vom Sofa auf und geht ins Lesezimmer an die Bar. Er gießt sich ein Glas Cognac ein und geht wieder rüber ins Arbeitszimmer. Er setzt sich an seinen Schreibtisch. Die Schreibmaschine steht einsatzbereit vor ihm auf dem Tisch. Ignatius trinkt das Glas in einem Zug leer. Dann beginnt er niederzuschreiben, was er fühlte, als der Mann, der einige Tage zuvor noch so nett zu ihm gewesen war, ihm den Schädel gespalten hat.

In der letzten Nacht hat Ignatius traumlos geschlafen. Zum Teil ist er darüber erleichtert, weil er die Befürchtung hegt, dass er jetzt in jedem Traum ermordet werden könnte; zum Teil ist er enttäuscht, da ihm die Inspiration fehlt. Er verbringt den Morgen im Lesesessel und studiert alte Aufzeichnungen über die Arbeit der Polizei. Am Mittag geht er nach unten und holt die Post herein. Er hat wieder zwei Briefe seines Verlegers erhalten. Sein Agent Olaf Steiger schreibt ihm und lässt fragen, wann er mit dem nächsten Stück rechnen könne. Ob er noch die Zeit hätte, eine Bühnenfassung zu Rebecca Wests »Die Rückkehr« zu schreiben. Ignatius wirft diese Briefe direkt in den Ofen.

Der letzte Brief ist adressiert an DEN FREMDEN VOM FRIEDHOF. Ignatius weiß sofort, wer der Absender ist. Er reißt den Umschlag auf und faltet den alten, rissigen Briefbogen auseinander. Der Brief ist mit einer feinen kleinen Handschrift beschrieben. Ignatius eilt in die Küche. Er setzt sich an den Tisch und beginnt zu lesen.

Lieber Freund,

ich habe herausgefunden, wo Sie wohnen. Nehmen Sie es mir nicht übel, doch ich bin Ihnen in der Nacht gefolgt. Ich musste einfach wissen, wer Sie sind und ob ich Ihnen trauen kann. Bei letzterem bin ich mir nun sehr sicher, da ich weiß, dass Sie nicht der Mörder sind. Ich weiß mittlerweile auch, dass es nicht um einen Mörder geht, sondern dass viele Menschen hier im Dorf zum Mörder geworden sind. Der Satan greift um sich und er macht auch vor den reinsten Seelen nicht halt. Ich glaube, Sie wissen ebenfalls, wie es sich anfühlt, wenn man ergriffen wird.

Denn das ist es: Etwas greift um sich. Ein dunkles Böses, das die Menschen in Besitz nimmt und sie dazu zwingt, ihm zu dienen. So ist es auch mir ergangen, als ich getötet habe. Es ist, wie Paulus schreibt: »Nicht das Gute, das ich tun will, tue ich, sondern das Böse, das ich nicht tun will!« Wir sind alle Sklaven des Bösen. Ich verspüre keinerlei Schuld, weiß ich doch, dass nicht ich es war, der gemordet hat, sondern das Dunkle. Ich bedauere nur sehr, dass es das arme, kleine Mädchen war, das mir zum Opfer fiel. Ich versuche, weiterzuleben, weiß aber nicht, ob ich es noch lange schaffe.

Ich wünsche Ihnen, mein Freund, dass die Dunkelheit Sie in Frieden lässt.

Ihr Pfarrer Reichert

Ignatius liest den Brief noch dreimal durch. Er kann nicht glauben, dass er ihn wirklich in den Händen hält. Er steht auf und verlässt die Küche. Die ganze Wohnung ist von einer dumpfen Stille ausgefüllt. Ignatius eilt von Raum zu Raum. Laurianne ist nirgendwo zu finden. Ignatius ringt mit sich, ob er den Brief seiner Frau zeigen soll. Was ist, wenn Laurianne diesen Brief geschrieben hat? Wenn sie in seinen Unterlagen geschmökert hat, während er geschlafen hat. Genug Zeit hätte sie auf jeden Fall gehabt. Und den Brief hätte sie einem guten Freund diktieren können, damit Ignatius die Handschrift nicht erkennt. Doch wieso hätte sie das tun sollen? Vielleicht, weil sie weiß, dass Ignatius ohne ihre Hilfe kein Wort zu Papier bringt. Dass er unfähig ist und ohne sie nicht schreiben kann. Ignatius ist über sich selbst schockiert. Woher kommen solche Gedanken? Er wischt sie beiseite und entschließt sich, Laurianne am Abend, wenn sie aus der Stadt zurückgekehrt ist, auf den Brief anzusprechen. Er legt den Brief in die Schublade seines Schreibtischs und beginnt zu schreiben.

Am Abend liegt Ignatius noch lange wach. Er hat seiner Frau noch nichts von dem Brief erzählt. Er wird es am Morgen tun. Jetzt liegt sie neben ihm und schläft. Zum ersten Mal fürchtet Ignatius sich wieder davor, einzuschlafen. Er hat Angst, er könne ein weiteres Mal erschlagen werden oder er könne dem Pfarrer begegnen. Was sollte er dann sagen? Dass er den Brief erhalten hat? Sollte er zum Kommissär gehen und ihm erzählen, was in dem Brief steht?

Über diesen Gedanken fällt Ignatius in einen tiefen Schlaf. Er träumt nichts und ist froh darüber.

Am nächsten Morgen steht er noch vor seiner Frau auf und geht in sein Arbeitszimmer. Er öffnet die Schreibtischschublade und erstarrt. Der Brief ist weg.

Ignatius hat ihn am Vortag dort hingelegt. Er müsste ganz oben auf einem Stapel Papiere liegen. Doch dort liegt nur eine Skizze des Dorfplatzes. Ignatius durchwühlt die Schublade. Nichts. Er durchsucht auch alle anderen Schubladen. Wieder nichts. Er blättert alle Papiere durch, die auf dem Schreibtisch liegen. Der Brief bleibt verschwunden.

Verstört sinkt Ignatius auf seinem Schreibtischstuhl zusammen. Was bedeutet das? Hat er all das nur geträumt? Hat er den Brief nie erhalten? Hat er sich nie mit dem Pfarrer unterhalten? Wie könnte er sich auch mit einem

Menschen – einer Figur – unterhalten, die nur in seinem Stück existiert? Doch für eine bloße Einbildung war das alles zu real.

Ignatius beschließt, sich später am Tag mit diesem Problem zu beschäftigen. Er verlässt sein Arbeitszimmer und geht nach unten. Er öffnet die Luke des Ofens, um ein Feuer zu entfachen. Dort findet er, was er sucht. In der Asche des Vortags liegen die verkohlten Reste des Briefes.

Chekhov's Knife

Hillenberger hatte gut geschlafen. Entgegen seiner Befürchtungen hatte er nicht stundenlang wachgelegen und sich über das Aus des Theaters Gedanken gemacht. Diese Gedanken kamen ihm erst jetzt im Auto. Hillenberger sah schon die Schlagzeile vor sich: »Regisseur Marek Hillenberger setzt die geplante Aufführung von Ignatius Reichenbachs Meisterwerk MORD OHNE SINN in den Sand«. Oder noch schlimmer: Seine Inszenierung wäre der Zeitung nicht einmal eine Erwähnung wert. Krampfhaft versuchte er, diese Gedanken zu vertreiben. Doch die dunklen Ahnungen waren stärker.

Einfach das Lenkrad nach links reißen und in den Gegenverkehr fahren, dachte er, als das Telefon klingelte.

Was soll das? Alles wird gut werden, dachte er. Doch dann sah er auf dem Display die Nummer des Anrufers. Es war Helena Trumpfheller. Das konnte nur Schlechtes bedeuten. Er meldete sich über die Freisprecheinrichtung seines Mercedes'.

»Ja?«

»Hillenberger?«

»Was gibt's?«

»Hier wurde eingebrochen.«

»Was?«

»Im Theater wurde eingebrochen. Eine Scheibe ist eingeschlagen. Das Fenster ist offen.«

»Fassen Sie nichts an. Ich bin sofort da. Ich bin schon auf dem Parkplatz.«

Hillenberger legte auf und stieg aus dem Wagen. Die Luft war nasskalt. Er legte sich den Schal über die Schulter und nahm seine Aktentasche aus dem Kofferraum. Er glaubte zwar nicht, dass er sie heute benötigen würde, doch er wollte professionell wirken. Er sah Trumpfheller schon von weitem. Sie rauchte eine Zigarette. Hillenberger hatte sie noch nie rauchen gesehen.

»Hallo Frau Trumpfheller. Wo ist das Fenster?«, fragte er, obwohl man den Schaden deutlich sehen konnte.

»Direkt das Fenster neben dem Eingang.«

Sie deutete auf die zersprungene Scheibe. Hillenberger sah sich das Fenster interessiert an.

»Haben Sie was berührt?«

»Nur die Tür. Ich wollte gerade aufschließen, als ich die zersplitterte Fensterscheibe bemerkt habe.«

»Haben Sie schon die Polizei gerufen?«

Trumpfheller schüttelte den Kopf.

»Dann sollten wir das als Allererstes tun.«

Er zog sein Smartphone aus der Tasche und wählte die 110. Während er wartete, beäugte er noch einmal die Einbruchsstelle. Helena Trumpfheller stand neben ihm und steckte sich eine neue Zigarette an.

»Polizei München, Hinderlang am Apparat, Sie haben den Notruf gewählt. Was kann ich für Sie tun?«

Die Stimme gehörte einer jungen Frau. Hillenberger schätzte sie auf Mitte zwanzig.

»Guten Tag, mein Name ist Marek Hillenberger. Ich bin Regisseur im Heigeltheater«, sagte Hillenberger, als würde irgendjemand sich dafür interessieren, wer oder was er war.

»Wir haben einen Einbruch zu melden.«

»Können Sie mir bitte Ihre genaue Adresse geben?«

Hillenberger nannte die Anschrift des Theaters.

»Was genau ist vorgefallen?«

»Wenn ich Ihnen das sagen könnte. Wir stehen zurzeit noch vor verschlossener Tür. Aber hier wurde ein Fenster eingeschlagen. Wir sind uns jetzt unsicher, ob wir ins Theater reingehen können oder lieber draußen auf Sie warten sollen.«

»Warten Sie bitte draußen! Ich schicke Ihnen einen Wagen vorbei. Nennen Sie mir bitte noch einmal Ihren Namen.«

»Marek Hillenberger. Mit zwei L.«

»Ist notiert. Die Kollegen kommen jetzt zu Ihnen. Bitte fassen Sie nichts an.«

Hillenberger legte auf.

»Die Polizei kommt gleich. Wir sollen draußen warten.«

Helena Trumpfheller nickte. Sie rauchte jetzt die dritte Zigarette, seit Hillenberger am Theater angekommen war. Wie gerne würde er sie fragen, ob er auch eine haben könnte, doch er disziplinierte sich. Alle kannten ihn hier als Nichtraucher und Hillenberger wollte keineswegs das Bild beschädigen, das man von ihm hatte.

»Wir müssen noch der Hausverwaltung Bescheid geben«, sagte er.

Trumpfheller nickte nur.

»Ich habe keine Nummer von denen«, sagte Hillenberger.

Trumpfheller verstand die Aufforderung.

»Ich rufe sie nachher von meinem Büro aus an. Wenn ich überhaupt in mein Büro gehen darf.«

Sie schlug die Hände vor den Mund.

»Großer Gott. Was ist, wenn dort drinnen alles verwüstet ist? Wir haben doch so schon genug Ärger am Hals. Ich muss auch noch Werner anrufen. Vielleicht gibt er uns ja unter diesen Umständen Aufschub.«

»Sie sollten ihn auf jeden Fall informieren.«

Helena Trumpfheller zog ihr Smartphone aus der Handtasche und wählte Daniel Werners Nummer. Sie wartete einen Moment – offensichtlich so lange, bis die Mailbox ansprang. Dann sagte sie: »Guten Morgen Herr Werner. Ich muss Sie leider darüber informieren, dass vergangene Nacht ins Theater eingebrochen wurde. Die Polizei ist bereits informiert. Vielleicht können Sie nachher kurz hier vorbeischauen.«

Als Trumpfheller auflegte, fuhr ein Polizeiwagen vor. Zwei junge Polizisten stiegen aus. Ein großer Blonder und ein Kleiner mit Brille.

»Grüß Gott, mein Name ist Vogel. Das ist mein Kollege Siegismund«, sagte der Blonde. »Sie haben einen Einbruch gemeldet?«

Der Polizist mit Brille rieb sich die Finger. Anscheinend fror er.

»Genau. Mein Name ist Hillenberger. Ich bin der Regisseur hier. Das ist unsere Intendantin, Frau Trumpfheller. Sie hat den Einbruch heute Morgen entdeckt.«

Der große Blonde lächelte Helena Trumpfheller an.

»Wo genau wurde eingebrochen?«, fragte auch er, obwohl die zerschlagene Scheibe noch immer nicht zu übersehen war.

»Dort neben der Tür.«

Helena Trumpfheller deutete auf das Fenster.

»Es stand heute Morgen offen. Ich habe es bemerkt, als ich die Tür aufsperren wollte.«

»Haben Sie irgendetwas angefasst?«

»Den Türgriff. Und den Türrahmen.«

Polizeiobermeister Brille nickte.

»Sie sollten jetzt nichts mehr anfassen. Vielleicht findet man noch irgendwelche Spuren. Wir sehen uns den Schaden drinnen erst einmal an. Dann rufen wir eventuell noch die SpuSi.«

»Wieso nur eventuell?«, fragte Helena.

»Nun«, antwortete der Blonde, »wir werden zunächst feststellen, ob der Einbrecher etwas gestohlen hat. Wenn außer der eingeschlagenen Scheibe keinerlei Sachschaden entstanden ist, nehmen wir nur den Schaden auf und Sie erstatten Anzeige. Aber vermutlich werden die Ermittlungen in diesem Fall nichts erbringen.«

Trumpfheller und Hillenberger nickten nur. Hillenberger fragte sich, wie der Polizist zu seiner Einschätzung kam, wo man doch allenthalben von Verbrecherbanden und ansteigender Kriminalität las.

»Wir sehen uns jetzt schnell mal um. Wenn Sie bitte aufschließen würden.«

»Die Tür ist offen.«

Der kleine Polizist zog sich ein Paar Handschuhe an und öffnete vorsichtig die Tür.

»Bitte warten Sie draußen, während wir uns drinnen umsehen. Wir rufen Sie dann nachher.«

Die beiden Polizisten betraten das Theater. Schon nach vier Minuten, in denen Helena Trumpfheller eine weitere Zigarette wegatmete, kamen sie wieder heraus. Hillenberger fragte sich, wie gründlich sich die beiden wohl umgesehen haben mochten.

»Der Einbrecher scheint nicht mehr im Haus zu sein. Sie können jetzt reinkommen. Fassen Sie bitte nur nichts an.

Keine Lichtschalter, keine Türklinken. Nichts. Zeigen Sie uns nur die Räume!«

Der kleine Polizist hielt die Tür auf. Trumpfheller und Hillenberger folgten dem großen Blonden.

»Sagen Sie mir bitte, wenn Ihnen auffällt, ob etwas fehlt.«

Sie gingen durch den Flur. Hillenberger ging direkt hinter dem Polizisten.

»Was befindet sich hinter dieser Tür?«, fragte der Blonde und deutete auf eine offensichtlich abgeschlossene Tür.

»Das ist ein Lagerraum. Dort lagern Putzmittel und Ähnliches.«

Sie gingen weiter. Der Polizist deutete auf die nächste Tür.

»Toiletten für die Angestellten.«

Mittlerweile hatte auch Polizeiobermeister Brille wieder zu ihnen aufgeschlossen.

»Das ist der Sicherungsraum. Elektronik und so.«, sagte Hillenberger.

Helena war mit ihren Gedanken immer noch beim kühlen Auftreten des Polizisten.

Sie gingen weiter.

»Wie viele Zimmer gibt es hier grob geschätzt?«

Hillenberger überschlug die Zahl im Kopf.

»Wenn man jede kleine Kammer mitzählt, vielleicht vierzig oder fünfzig.«

»Was ist hinter dieser Tür?«, fragte der kühle Blonde.

»Das ist mein Büro«, sagte Helena Trumpfheller.

Sie hielten an. Eine Tür weiter befand sich Hillenbergers Büro.

»Haben Sie einen Schlüssel?«

Trumpfheller nickte und gab dem blonden Polizist ihren Schlüssel. Der Kleine blickte sich interessiert um. Sein Blick fiel auf die Tür zu Hillenbergers Büro.

»Ich glaube, wir haben einen Gewinner«, sagte er und tippte seinen Kollegen an die Schulter.

Der Polizist deutete auf die angelehnte Tür.

»Was befindet sich hinter dieser Tür?«

»Das ist mein Büro.«

Hillenberger hielt den Atem an.

»Warten Sie bitte hier.«

Der große Blonde gab Helena Trumpfheller ihren Schlüssel zurück. Dann stieß er mit der Fußspitze die Tür auf und erstarrte. Sein kleiner Kollege prallte gegen ihn.

»Martin, ruf doch mal die Kollegen an.«

Der Kleine warf einen Blick in Hillenbergers Büro. Dann zog er sein Smartphone aus der Brusttasche seiner Jacke und wählte eine Nummer.

Die nächsten dreißig Minuten warteten sie vor dem Theater in der Kälte. Hillenberger sah mehrmals auf die Uhr. Es dauerte nicht mehr lange, bis die Schauspieler kamen. Dann musste er ihnen von dem Mord berichten.

Endlich kamen zwei Polizisten. Ein älterer Herr mit dichtem Schnauzbart und eine jüngere Frau im beigen Mantel.

»Guten Morgen, mein Name ist Roman Weiß. Das ist meine Kollegin Kommissarin Amelie Stahl. Sie haben ein Tötungsdelikt gemeldet?«

Der kleine Polizist mit der Brille nickte.

»Drinnen liegt einer. Tot durch Messer.«

Hillenberger kamen Bilder von erstochenen Kreisen in den Kopf. Der Todesdurchmesser hatte wieder zugeschlagen.

»Wie heißen Sie?«, fragte die Polizistin, die sich ihnen als Amelie Stahl vorgestellt hatte.

»Polizeiobermeister Vogel, das ist der Kollege Siegismund. Die Zeugen sind …«, er sah auf seinen Notizblock, »… Herr Marek Hillenberger mit Doppel-L und Frau Helena Trumpfheller ebenfalls mit Doppel-L. Frau Trumpfheller ist die Intendantin des Theaters.«

Frau Stahl zeigte ihren Dienstausweis und gab Trumpfheller und Hillenberger die Hand.

»Weiß sonst noch jemand von dem Toten?«

Hillenberger schüttelte den Kopf.

»Die anderen kommen erst gegen zehn.«

Kommissarin Stahl sah auf ihre Armbanduhr.

»Das wäre in einer Viertelstunde. Wer sind diese anderen?«

»Die Schauspieler, Techniker, Requisiteure. Wir proben ein Theaterstück.«

»Können wir uns drinnen irgendwo ungestört unterhalten? Hier draußen wird es allmählich zu kalt. Außerdem wäre es gut, wenn Sie uns mit den Schauspielern bekannt machen.«

»Wir könnten uns in den Garderoben der Schauspieler unterhalten«, schlug Hillenberger vor.

»Dann zeigen Sie uns mal, wo es da lang geht«, sagte Weiß mit barschem Tonfall.

Sie betraten das Theater. Der blonde Polizist folgte ihnen. Kommissarin Stahl kramte ihr Smartphone heraus und wählte eine Nummer. Es schien einen Moment zu dauern, bis sich am anderen Ende jemand meldete.

»Hallo Jessica, ich bin's«, sagte Stahl. »Schickst du uns bitte die Spurensicherung zu einem Tatort. Es geht um einen Toten und diverse Einbruchsspuren.«

Sie gingen durch den Flur. Auf dem Weg zu den Garderoben kamen sie an Hillenbergers Büro vorbei. Die Kommisarin warf einen Blick ins Zimmer.

»Ein Toter, allem Anschein nach erstochen«, gab sie am Telefon weiter, nannte dann noch die Adresse und legte auf.

»Was für eine Sauerei«, sagte sie an ihren Kollegen gewandt. Sie sprach so laut, dass Hillenberger sie auf dem Flur deutlich verstehen konnte.

»Findest du?«, brummte der Kommissar. »Für meine Begriffe sieht das hier ziemlich ordentlich aus. Kaum Blutspritzer, eine einzige sichtbare Verletzung. Da haben wir doch schon Schlimmeres gesehen.«

»Warten wir erstmal ab, was die SpuSi sagt«, sagte die Kommissarin und trat wieder auf den Flur.

»Können Sie mir sagen, wie der Tote heißt?«, fragte der Kommissar nun.

»Daniel Werner«, sagte Helena Trumpfheller, bevor Hillenberger Gelegenheit gehabt hätte, die Frage zu beantworten. »Er war einer unser Sponsoren. Genauer gesagt, war er unser Hauptsponsor. Er hat das Theater immer sehr großzügig unterstützt.«

»Dann kannten Sie ihn beide?«

»Wir haben sogar beide gestern noch mit ihm geredet«, sagte Hillenberger.

»Worüber?«

»Über die Finanzierung der laufenden Theatersaison. Sie müssen wissen, dass dies kein staatliches Theater ist. Wir sind auf private Investoren angewiesen«, antwortete Hillenberger.

»Genaugenommen ging es gestern darum, dass Herr Werner uns verkündet hat, dass er sein Engagement einstellen wird«, sagte Trumpfheller.

Hillenberger hoffte, dass sein düsterer Blick der Polizistin entgangen war.

»Er wollte Ihnen kein Geld mehr geben? Von welchen Beträgen reden wir hier?«

Hillenberger sah Trumpfheller an, als müsse er zuerst von ihr die Erlaubnis einholen, über solche Interna zu reden.

»Aufs Jahr gerechnet ging es wohl um knapp 500 000 Euro.«

Kommissarin Stahl pfiff leise.

»Und wie viel Prozent Ihres Jahresbudgets macht das aus?«

»Das müsste ich erst nachrechnen«, sagte Trumpfheller schnell.

»Okay.«

Die Kommissarin notierte sich etwas auf ihrem Smartphone.

»Müssten jetzt nicht die Schauspieler kommen? Können Sie mir bitte den Raum zeigen, in dem ich mich mit allen unterhalten kann?«

»Natürlich. Die Garderoben sind gleich hier vorne.«

»Können wir denn nicht in unsere Büros gehen?«, fragte Trumpfheller.

»Solange wir nicht alles auf Einbruchsspuren untersucht haben, können Sie Ihre Büros leider nicht betreten.«

»Okay, dann gehen wir jetzt in die Garderobe von Herrn von Hofen. Herr Hillenberger, können Sie das Ensemble nach hinten führen?«, fragte Trumpfheller.

»Aber sagen Sie noch nichts über den Toten«, wies die Kommissarin ihn an.

Marek Hillenberger blieb vor der Garderobe stehen. Die Polizistin wollte sie offensichtlich alle einzeln vernehmen oder verhören oder wie auch immer man das nannte. Was würde Helena ihr erzählen? Dass er der letzte gewesen war, der Daniel Werner lebend gesehen hatte? Dann wäre er für die Polizei wahrscheinlich der Hauptverdächtige. Was es für das Theater bedeutete, dass Werner all seine Investitionen zurückziehen wollte? Das wäre dann wohl ein astreines Motiv. Ein Motiv so deutlich, wie der kleine Engel, den Bina sich auf den Oberschenkel hatte tätowieren lassen. Hillenberger hatte ihn genau vor Augen, wie er scheinbar den Oberschenkel hinabrutschte. Wie oft hatte er mit seinen Fingern die Bewegung des Engels nachgezeichnet? Sollte er der Polizei gegenüber ehrlich sein und von ihr erzählen?

Die werden dafür bezahlt, dass sie rumschnüffeln, dachte Hillenberger gerade, als der alte Schnauzbart den Flur entlangkam.

»Ah, da sind Sie ja«, sagte er. »Wo ist denn meine Kollegin?«

»Die ist hier in der Garderobe und verhört unsere Intendantin.«

»Vernehmung nennen wir das, Herr …?«

»Hillenberger, ich bin hier der Regisseur.«

»Nun, Herr Regisseur, dann wollen wir doch auch gleich mal mit der Vernehmung starten. Können wir uns hier irgendwo ungestört unterhalten?«

Hillenberger deutete auf die Gemeinschaftsgarderobe.

»Hier entlang, Herr Kommissar.«

Sie betraten den Raum. Hillenberger beobachtete, wie sich der Kommissar neugierig in der Garderobe umsah. Dabei war es ein ganz normaler Garderobenraum: Es gab drei große Spiegel, die von Leuchtröhren umfasst wurden. In der Mitte des Raumes standen ein kleiner Tisch und ein Sofa. Der Polizist ließ sich auf das Sofa fallen. Er zückte seinen Notizblock. Dann sah er sich weiter um.

Hillenberger setzte sich ungebeten auf einen der Stühle.

»Wie kann ich Ihnen helfen?«, fragte er.

»Zunächst einmal würde mich Ihre Funktion hier im Theater interessieren. Was machen Sie hier den ganzen Tag?«

»Ich bin der Regisseur des Theaters. Das heißt, dass ich gemeinsam mit der Theaterleitung das Stück auswähle und die Proben leite. Ich gebe den Schauspielern die Anweisungen, leite sie in die richtigen Bahnen, so dass sie das von mir gewählte Stück richtig zur Geltung bringen können. Wobei es meistens an der Unbeholfenheit der Darsteller scheitert. Hätte ich anderes Material zur Verfügung wie in New York oder wenigstens in Berlin, könnte ich auch anders arbeiten. Aber ich bin nun einmal hier in München in diesem kleinen Amateurtheater in einer Seitenstraße.«

»Und welches Stück proben Sie zurzeit?«, fragte der Kommissar, der auf einmal deutlich lauter sprach, fast so, als hätte jemand sein Hörgerät ausgeknipst.

»Ein Kriminaldrama aus den Fünfzigern. Das Stück heißt MORD OHNE SINN. Es handelt von einer Mordserie in einem kleinen Bergdorf in Österreich.«

»MORD OHNE SINN? Das passt ja. Wer hat das Stück geschrieben?«

»Der Autor des Stücks hieß Ignatius Reichenbach – ein wahres Genie, ein bis dahin unerreichtes.«

»Reichenbach? Noch nie von ihm gehört«, murmelte der Kommissar.

»Nun, er ist leider kurz vor Fertigstellung des Stücks verstorben. Daher ist er nur wirklichen Insidern bekannt.«

»Vor der Fertigstellung? Das heißt, Sie proben ein Stück, das mittendrin aufhört?«

Hillenberger schüttelte den Kopf.

»Nein. Das Ende des Stücks liegt vor. Herr Reichenbach hat es leider versäumt, einige Szenen aus der Mitte des Stücks zu Papier zu bringen. Wir versuchen, diese Szenen zu rekonstruieren.«

»Wie genau machen Sie das?«

»Herr Weiß, was genau hat das mit dem Mord an Daniel Werner zu tun?«

»O, nichts. Ich bin nur interessiert. Sie müssen diese Fragen nicht beantworten.«

»So meinte ich das nicht. Ich war nur verwundert«, sagte Hillenberger. Dann fuhr er fort: »Wir haben alle möglichen Schriften, die Ignatius Reichenbach angefertigt hat, studiert, das Stück analysiert und uns überlegt, was in den drei fehlenden Szenen passieren könnte, basierend auf der Gesamtaussage des Stücks. Anschließend haben wir neue Szenen geschrieben und dabei versucht, Reichenbachs Sprachstil so exakt wie möglich zu treffen. Wir stehen in diesem Prozess quasi kurz vor dem Abschluss.«

»Im Grunde genommen, haben Sie sozusagen nichts anderes gemacht als ich. Auch ich muss so viele Einzelheiten wie möglich zum Tod von Daniel Werner in Erfahrung bringen. Nur dann kann es mir gelingen, den Tathergang zu rekonstruieren. Und dabei muss ich so nah wie möglich an der wahrscheinlichsten aller Versionen bleiben.«

»Das ist ein interessanter Gedanke«, sagte Hillenberger.

»Aber kommen wir jetzt zum Opfer«, sagte der Kommissar und fuhr nach einer kurzen Pause fort: »Was können Sie mir über Daniel Werner erzählen?«

Hillenberger überlegte einen Moment – was erzählte Helena Trumpfheller wohl gerade der Kommissarin? Schließlich sagte er: »Zunächst einmal war er – wie sie ja schon wissen – der Hauptsponsor unseres Theaters. Er hat jedoch so gut wie nie ins Geschäft eingegriffen. Erst vor einer Woche hat er scheinbar seine Strategie geändert.«

»Wie meinen Sie das?«, fragte der Kommissar.

Hillenberger zögerte, aber nur kurz. Dann sagte er: »Sie müssen wissen, dass Daniel Werner mit der Arbeit unserer Intendantin nicht zufrieden war. Er war – wie er mir im Vertrauen gesagt hat – maßlos von Frau Trumpfheller enttäuscht. Wir hatten uns überlegt, Frau Trumpfheller zu entlassen. Ich hätte dann übergangsweise die Position des Intendanten übernommen.«

»Wie passt das dazu, dass Herr Werner seine Investitionen kürzen wollte?«

»Das ist das, was wir Frau Trumpfheller gesagt haben. Herr Werner und ich hatten die Hoffnung, dass sie dann von selbst aufgibt.«

Der Kommissar machte sich Notizen.

Hillenberger entschied sich, noch einen Schritt weiterzugehen.

»Sie sollten wissen, dass Frau Trumpfheller dazu tendiert, ihre Kompetenzen maßlos zu überschätzen«, sagte er und ärgerte sich sogleich, dass er binnen weniger Augenblicke zweimal den Begriff »maßlos« verwendet hatte.

»Hatten Sie das Gefühl, dass Ihre Kollegin davon Wind bekommen hat, dass man sie ersetzen wollte?«

Hillenberger hielt sich gespielt erschrocken die Hand an die Stirn.

»Sie glauben doch nicht etwa, dass Frau Trumpfheller die Mörderin ist?«

Kommissar Weiß schüttelte den Kopf.

»Wir glauben zunächst einmal gar nichts. Das Einzige, was ich Ihnen zu diesem Zeitpunkt sagen kann, ist, dass ein Raubmord nahezu ausgeschlossen ist.«

Wir glauben zunächst einmal gar nichts, wiederholte Hillenberger in Gedanken. Er überlegte, ob er dem Kommissär in einer der fehlenden Szenen in MORD OHNE SINN eine ähnliche Aussage in den Mund legen könnte. Diese scheinbar offene Herangehensweise in einem polizeilichen Ermittlungsverfahren schien ihm geeignet, eine Antwort auf Reichenbachs Kriminaldrama zu geben: Nämlich, dass man die ungehemmte Ausbreitung einer Ideologie – für die die Dunkelheit in dem Stück stand – am besten mit Zweifel und Offenheit bekämpfte.

»Kein Raubmord, wie kommen Sie zu dieser Annahme?«, fragte Hillenberger.

»Nun, er hatte noch alles bei sich. Sowohl die teure Uhr als auch die prall gefüllte Brieftasche.«

»Was bedeutet das?«

Der Kommissar zögerte einen Moment. Dann antwortete er: »Vermutlich heißt das, dass der Mörder und das Opfer sich gekannt haben. Es könnte also auch jemand vom Theater gewesen sein.«

»Jemand vom Theater«, wiederholte Hillenberger leise.

»Was machte Werner, wenn er nicht gerade das Führungspersonal austauschte?«, fragte Kommissar Weiß.

»Nun, bei der Verpflichtung einiger Schauspieler wollte er ein Wörtchen mitreden.«

»Bei wem zum Beispiel?«, fragte Weiß.

»Zum Beispiel hat er dafür gesorgt, dass wir Oskar Tobias Steidl einstellen. Oder er hat sich dagegen ausgesprochen, Teresa Michl zu engagieren. Im letzten Fall konnte ich ihn allerdings umstimmen.«

Wieder machte der Kommissar sich Notizen auf seinem Block.

»Gab es auch Fälle, in denen er einen Schauspieler abgelehnt hat, so dass dieser seinen Job nicht antreten konnte?«

Hillenberger schüttelte den Kopf.

»Kam es denn vor, dass Sie einem Schauspieler kündigen mussten, weil Herr Werner sich eingemischt hatte?«

»Nein. So etwas hat ihn nicht interessiert.«

Kommissar Weiß kritzelte etwas auf seinen Notizblock und unterstrich es dreimal. Hillenberger fragte sich, was der Kommissar gerade notiert hatte.

»Was hatte er gegen diese Frau Michl einzuwenden?«

»Frau Michl ist alleinerziehende Mutter. Herr Werner äußerte Bedenken, sie könne sich nicht voll und ganz auf die Schauspielerei konzentrieren. Er wäre damit jedoch nie durchgekommen. Frau Michl hätte sich im Grunde in die Stelle einklagen können. Und außerdem …«

»Ja?«

»Außerdem können wir froh sein um jeden Schauspieler, der sich bei uns bewirbt. Sie können sich gar nicht vorstellen, wie ermüdend es ist, unter solchen Bedingungen zu arbeiten. Die meisten wollen an den Staatstheatern engagiert werden. Wir sind nur ein kleines Theater, das höchstens vier verschiedene Stücke pro Saison spielt.«

»Ich verstehe.«

Weiß blätterte durch seine Notizen.

»Können Sie sich denn vorstellen, dass außer Frau Trumpfheller sonst noch jemand einen Grund gehabt haben könnte, Daniel Werner zu töten?«

»Da er – wie bereits erwähnt – unseren Laden dicht machen wollte, hätte tatsächlich jeder von uns ein Motiv – wie Sie es wohl nennen würden.«

Der Kommissar klappte seinen Notizblock zu.

»Danke, Herr Hillenberger. Ich komme sicherlich noch

einmal auf Sie zu. Es war sehr interessant, von Ihnen ein paar Insiderinformationen über die Abläufe in einem Theater zu erfahren. Gerne würde ich davon noch mehr hören. Doch schicken Sie mir jetzt bitte einen der Schauspieler herein.«

Janosch von Hoven saß nervös auf dem roten Sofa im Gemeinschaftsbereich. Gerade war Angelika Schmidt-Meier – kurz ASM – bei der Kommissarin zum Verhör. In seinen Augen gab die ASM eine grauenhafte Wirtin, aber man konnte sich seine Partner in diesem Theater nicht aussuchen.

Janosch wäre nur zu gern bei den Verhören anwesend. So könnte er noch besser in seine Rolle als Kommissär Rathen eintauchen. Als Rathen würde er mit donnernder Stimme auf die Verdächtigen einreden, bis sie sich schließlich in Widersprüchen verfingen. Doch wie gingen »echte« Polizisten vor?

Gerade wurde die Tür zur Garderobe geöffnet und Angelika kam heraus. Die Polizistin deutete auf Janoschs Kollegen Oskar Steidle.

»Würden Sie bitte als Nächstes kommen?«

Steidle stand auf und folgte der Kommissarin.

Bestimmt würde er ihr erzählen, dass er eigentlich für dieses kleine Theater zu groß sei und dass er hier nur spielte, um in die Fußstapfen des großen Adolf Richter zu treten. Dem Mann, dem sie es zu verdanken hatten, dass Daniel Werner ihnen alljährlich Unsummen stiftete.

All das hatte Steidle schon oft doziert und Janosch konnte dieses Theater nicht mehr ertragen.

Doch ihn interessierte, wie die Polizistin es schaffte, aus Steidle Informationen herauszubekommen. Janosch dachte an die Damentoilette direkt neben seiner Garderobe. Und er dachte an das feine Loch, das er vor einem halben Jahr mit einem Kastanienbohrer über dem Spiegel angebracht hatte. Anfangs hatte er sich nur darüber gewundert, dass er das Händewaschen seiner Schauspielkolleginnen so deutlich hatte hören können, als machten sie es in seiner Garderobe. Dann war zu seiner Oma gefahren und hatte sich dieses Werkzeug besorgt. Als Kind hatte er mit seiner Großmutter immer kleine Männchen, Igel und Schweine aus Zahnstochern und Kastanien gebastelt. Seit das Loch existierte, spähte er häufig hindurch, wenn ihm das Üben zu langweilig war. Zwar sah er nur den Haaransatz und manchmal ein paar Augenbrauen, doch er konnte jedes Wort verstehen, wenn sich zwei seiner Kolleginnen vor dem Spiegel unterhielten. Und er konnte hören, wenn Teresa Michl allein in der Kabine weinte.

Neben ihm stand Sebastian Lorenz auf und ging auf die Herrentoilette. Janosch hörte, wie er hinter sich abschloss.

Das war die Gelegenheit. Janosch stand ebenfalls auf, ging zur Toilette und rüttelte am Türgriff. Dann öffnete er die Damentoilette und schloss hinter sich ab. Möglichst leise trat er vor den Spiegel. Am oberen linken Rand befand sich das Loch. Jetzt war es natürlich nicht zu sehen, da am anderen Ende ein Bild seiner Großmutter hing. Doch Janosch konnte deutlich die Stimme der Kommissarin hören.

»Was denken Sie?«, fragte sie gerade.

»Wie? Was ich denke? Über den Toten?«

»Nein. Was denken Sie in diesem Moment.«

Interessant, dachte Janosch, sie brachte ihr Gegenüber durch eine ganz einfache Frage aus dem Konzept, ohne ihre Stimme zu erheben.

Nach einer kurzen Pause hörte Janosch Steidle sagen: »Jetzt gerade denke ich, dass dieser Wichtigtuer Janosch von auf und dazu Hofen diese Garderobe nicht verdient hat.«

»Diese Garderobe?«

»Eigentlich sollte das meine Garderobe sein. Letzte Saison war sie das jedenfalls noch. Doch dann kam dieser weitgereiste Schnösel. Hat in New York studiert. Lee Strasberg. Ganz was Feines.«

Steidle, der alte Neidhammel. Er sah einfach nicht ein, dass er seinen Zenit überschritten hatte.

»Wie gut kannten Sie Herrn Werner?«, fragte die Kommissarin.

Das war ganz offensichtlich die Aufforderung für Steidle, seine gewohnte Rolle zum Besten zu geben: »Den Werner? Ich kannte seinen Großvater. War ein toller Schauspieler. Ich habe immer große Stücke auf ihn gehalten. Deshalb habe ich mich auch hier am Heigeltheater beworben. Ich war vorher in Leipzig und in Berlin. Eine Saison war ich auch mal in Frankfurt. Aber dann habe ich gehört, dass hier am Heigeltheater eine Stelle frei sei. Herr Werners Großvater – Adolf Richter – hat hier gespielt. Also natürlich nur zu Beginn seiner Karriere. Später hat er dann an den großen Theatern gespielt. Aber ich wollte hierhin.«

»Aber wie gut kannten Sie nun das Opfer?«

»Hm. Nicht besonders gut. Ich habe ihn in den letzten drei Jahren vielleicht vier oder fünfmal gesehen. Hatte kaum etwas mit ihm zu tun. Ich weiß natürlich, dass er unsere Hauptfinanzquelle war. Aber seien wir mal ehrlich: Lumpige 500 000. Und das bei einem Jahresumsatz von was, hundert Millionen? Das nenne ich mal ein großzügiges Arrangement. Aber vielleicht bin ich auch der Falsche für diese Art der Befragung. Werner hat ja sowieso mehr mit Frau Trumpfheller und Herr Hillenberger gesprochen.«

Den letzten Namen sagte Steidle abschätzig.

»Darf ich Sie einmal etwas fragen?«, fragte Steidle.

Es klopfte an der Toilettentür.

Verdammt, dachte Janosch. Er wollte noch den Rest des Gesprächs mitanhören.

Er ging zur Tür, holte tief Luft und sagte mit verstellter Piepsstimme: »Es dauert noch. Ich habe Krämpfe.«

Hatte die Person vor der Tür das geschluckt? Scheißdrauf! Janosch kehrte zum Spiegel zurück.

»Was wollen Sie wissen?«, fragte Kommissarin Stahl.

»Sie verdächtigen doch wohl keinen von uns Schauspielern, oder?«

»Darüber kann ich jetzt noch keine Aussage treffen. Wir machen uns erst einmal ein Bild.«

»Denn, wenn es so wäre, muss ich Sie warnen. Wir Schauspieler sind Meister darin, uns zu verstellen. Es dürfte also nicht leicht für Sie sein, den Täter zu durchschauen.«

»Interessanter Gedanke«, sagte die Ermittlerin. »Glauben Sie denn, der Täter oder die Täterin könnte einer Ihrer Kollegen sein?«

Pause, dann: »Wieso nicht. Wenn Sie wüssten, was ich schon alles erlebt habe.«

»Wieso erzählen Sie es mir nicht?«

Steidle hustete kurz und sagte dann: »Ich habe schon Regisseure gehabt, die hatten eine Beziehung zu zwei Schauspielerinnen gleichzeitig.«

»Versuchen Sie, mich zu manipulieren?«

»Sie sind gut«, sagte Steidle. »Aber das ist es nicht. Ich will Sie nur darauf hinweisen, dass Sie es bei uns Schauspielern mit einem besonderen Schlag von Mensch zu tun haben.«

Süß, Steidle, dachte Janosch, wenn das das äußere Spektrum deiner Erfahrung ist, hast du noch nicht viel von der Welt gesehen. Aber du warst ja auch noch nie in New York.

»Vielen Dank«, sagte die Kommissarin.

»Ansonsten fürchte ich, kann ich Ihnen leider nicht weiterhelfen.«

»Wenn Ihnen doch noch etwas einfällt, melden Sie sich bitte.«

Steidle verließ die Garderobe und auch Janosch dachte, dass er vorerst genug gehört hatte. Er ging zur Tür und hoffte, dass wer auch immer vorhin geklopft hatte, nicht mehr dort wartete. Er hatte Glück. Niemand war im Gemeinschaftsbereich. Steidle war offensichtlich schon nach vorne zur Bühne gegangen.

Kaum hatte Janosch sich gesetzt, trat auch schon Sebastian Lorenz wieder aus der Herrentoilette und setzte sich neben ihn auf das Sofa. Wahrscheinlich hatte er sich mal wieder nicht die Hände gewaschen.

Janosch hätte zu gern gewusst, wen die Kommissarin jetzt gerade vernahm. Doch er konnte ja schlecht wieder in die Damentoilette gehen und seine Lauschaktion fortsetzen. Nach einigen Minuten wurde die Tür der Gemeinschaftsgarderobe geöffnet, seine Lebensgefährtin Samira Reuther kam aus diesem Verhörzimmer und setzte sich neben ihn. Der alte Schnauzbart schob seinen Kopf zur Tür heraus und fragte: »Wer von Ihnen beiden ist Sebastian Lorenz?«

Der Gefragte stand auf und folgte dem Kommissar in die Garderobe. Das war für Samira offensichtlich das Zeichen, dass sie Janosch ungestört vom Verhör berichten konnte.

»Er hat mich gefragt, ob ich weiß, was Herr Werner so spät abends noch hier gewollt hat.«

»Was hast du gesagt?«

»Dass ich mir nur so zusammenreimen kann, dass es irgendwie um die Finanzen ging.«

»Hat er dich was über mich gefragt?«

Samira schüttelte den Kopf.

»Ich glaube, es kam noch nicht einmal zur Sprache, dass wir ein Paar sind.«

Janosch quittierte das mit einem »Hm.« Er war schon wieder gedanklich bei den Verhören. Es ärgerte ihn, dass er bislang nur ein einziges hatte belauschen können. Doch eines stand mit Sicherheit noch bevor: sein eigenes.

»Was denkst du, was Werner so spät noch hier gemacht hat?«, fragte Samira unvermittelt.

Janosch zuckte mit den Schultern.

»Weiß nicht. Vielleicht wollte er ja den Hillenberger abmurksen und es kam zu einem Kampf, der zu seinen Ungunsten ausging.«

Samira lachte.

»Du spinnst doch gewaltig.«

»Ich bin aber ein positiver Spinner«, sagte Janosch und hoffte, dass das Gespräch beendet war. Er hatte jetzt keine Lust, sich mit Samira zu unterhalten. Zu sehr beschäftigte ihn die Frage, wie die anderen Verhöre verliefen. Sie schien seine Gedanken lesen zu können, denn plötzlich stand sie auf, verabschiedete sich mit den Worten »Ich seh mal nach den anderen« und ging nach vorne Richtung Bühne.

Als Janosch wieder allein war – mehrmals hatte er verstohlen zur Tür der Damentoilette geblickt –, wurde die Tür zu seiner Garderobe geöffnet und Teresa Michl kam heraus. Sie setzte sich neben ihn aufs Sofa – exakt dorthin, wo noch vor wenigen Minuten Samira gesessen hatte.

Janosch fand, dass man ihr die Geburt und Erziehung

eines Kindes nicht ansah. Im Gegenteil: Teresa war noch so attraktiv wie an dem Abend, als sie ...

Doch jetzt wirkte sie völlig durcheinander – fast so, als hätte sie eben ein schwieriges Gespräch mit ihrer eigenen Mutter geführt. Was hatte sie mit der Kommissarin besprochen? Janosch beschloss aufs Ganze zu gehen.

»Was denkst du?«, fragte er.

»Meinst du in Bezug auf den Mordfall?«, fragte Teresa.

Janosch vergegenwärtigte sich kurz die Stimmlage der Kommissarin und sagte dann in ruhigem Tonfall: »Nein, was denkst du jetzt gerade.«

Teresa zuckte leicht zusammen.

»Nichts«, sagte sie nur.

»Das kannst du mir doch nicht weismachen.«

Sie zögerte. Schließlich sagte sie: »Ich denke daran, was ich eben der Kommissarin erzählt habe.«

Janosch wartete. Er hoffte, dass sie noch mehr preisgeben würde.

»Ich habe ihr erzählt, dass ...«

Janosch hielt die Luft an. Hatte er Teresa wirklich durch diese einfach Frage – »Was denkst du gerade?« – dazu gebracht, ihm ein Geheimnis anzuvertrauen?

»Ich überlege seit einiger Zeit ernsthaft, die Schauspielerei aufzugeben und stattdessen noch einmal an die Universität zu gehen. Vielleicht gehe ich in die Lehre. Ich kann mir gut vorstellen, als Schauspiellehrerin zu arbeiten.«

Kurzes Zwinkern, Verknoten der Finger, leichtes Nach-vornerücken auf dem Sofa. Janosch sah gleich mehrere Anzeichen, die verrieten, dass Teresa log.

»Das kann ich mir bei dir gut vorstellen, obwohl du eine ausgezeichnete Schauspielerin bist«, sagte er. Dabei war ihre Lüge an Plumpheit nicht zu überbieten und sprach nicht gerade für seine Schauspielkünste.

Sie sah ihn hoffnungsvoll an – genauso, wie sie in ihrer Rolle als Frau des Kommissärs ihren Mann anschmachtete – und fragte: »Meinst du das wirklich?«

»Klar«, sagte Janosch und legte ihr den Arm um die Schulter.

Gerade, als Teresa sich an ihn lehnen wollte, öffnete Kommissarin Stahl die Garderobentür und bat Janosch herein.

Janosch stand auf und wollte schon in seine Garderobe gehen, als Teresa ihn noch einmal an der Hand festhielt.

»Behalt das bitte noch für dich«, sagte sie.

Janosch nickte und ging an der Kommissarin vorbei in seine Garderobe. Die Polizistin blieb in der Tür stehen und sah zu Teresa herüber.

Janosch setzte sich wie selbstverständlich auf sein Sofa. Vor ihm auf dem Tisch lag das iPad der Kommissarin. Darauf war eine geöffnete E-mail mit dem Foto eines Messers. Ganz offensichtlich handelte es sich um die Tatwaffe. Janosch stockte der Atem. Er kannte dieses Messer nur zu gut. Es handelte sich um jenes Messer, mit dem er sich am Ende des Theaterstücks als Kommissär Matheo das Leben nehmen sollte.

Die Kommissarin betrat die Garderobe. Schnell riss Janosch seinen Blick vom iPad.

»Guten Tag Herr von Hofen. Ich darf mich vorstellen. Mein Name ist Amelie Stahl. Ich leite gemeinsam mit meinem Kollegen Roman Weiß die Ermittlungen in dieser Sache.«

»Angenehm«, sagte Janosch und reichte ihr zur Begrüßung die Hand.

»Wir befragen Sie alle hier als Zeugen. Das bedeutet, dass

Sie zu einer Aussage verpflichtet sind. Allerdings handelt es sich hierbei nur um eine erste Befragung. Ich werde kein Protokoll anfertigen, das Sie unterschreiben müssen. Sollten wir tiefergehende Fragen an Sie haben, werden wir Sie ins Präsidium bitten.«

»Schon klar.«

Janosch fragte sich, ob die Kommissarin bei ihm die gleichen Methoden anwenden würde wie zuvor bei seinem Kollegen Oskar Steidle. Und er fragte sich, wie sie darauf reagieren würde, wenn er bei ihr diese Methoden anwenden würde.

»Fangen wir mit Ihrer Beziehung zu dem Toten an«, begann die Kommissarin. »Wie gut kannten Sie ihn?«

»Im Prinzip kannte ich ihn überhaupt nicht. Sicher, ich wusste, wer er war und was er für das Theater tat. Doch darüber hinaus hatte ich nichts mit ihm zu tun.«

Janosch dachte wieder an das Foto der Tatwaffe. Würde die Polizistin ihn dazu befragen? Was sollte er ihr antworten? Sollte er ihr verraten, dass es sich um die Theaterwaffe handelte?

»Wussten Sie, dass Herr Werner beschlossen hatte, sein Sponsoring zu beenden?«

Janosch überlegte kurz. »Es ging so das Gerücht um. Aber solche Situationen hat es wohl schon öfter gegeben. Ich war nicht wirklich beunruhigt.«

»Wie haben Sie davon erfahren?«, fragte die Stahl.

»Herr Hillenberger hat es uns nicht erzählt. Doch er war gestern während der Probe so unkonzentriert, dass wir uns gefragt haben, was ihn bedrückt. Ich glaube, es war Sebastian Lorenz, der die Vermutung äußerte.«

»Können Sie sich vorstellen, woher Herr Lorenz diese Informationen hatte?«

Janosch zuckte mit den Achseln.

»Geschwätz unter Kollegen nehme ich an.«

Die Kommissarin machte sich eine Notiz auf ihrem iPad.

»Darf ich Sie etwas fragen?«, fragte Janosch.

»Sicher.«

»Würde es Ihnen etwas ausmachen, wenn ich mir ebenfalls ein paar Notizen mache?«

Kommissarin Stahl sah Janosch irritiert an.

»Ich spiele in dem Stück einen Kommissar, der in einer Mordserie ermittelt. Es wäre hilfreich, wenn ich mir aufschreiben könnte, wie echte Profis vorgehen«, gab er zur Erklärung.

Die Kommissarin überlegte einen Moment. Schließlich sagte sie: »Ehrlich gesagt, würde ich Sie bitten, das nicht zu tun. Sie können mir gerne irgendwann später Fragen stellen, doch jetzt bin ich um eine möglichst reibungslose Ermittlung bemüht.«

»Dafür habe ich natürlich Verständnis«, sagte Janosch, »doch eine Frage hätte ich an Sie.«

»Und die wäre?«

Für Janosch war es jetzt an der Zeit, ein Wagnis einzugehen. Er zögerte noch einen winzigen Augenblick und fragte dann: »Was denken Sie zurzeit?«

Die Reaktion der Kommissarin war interessant. Sie zuckte kurz mit den Augenbrauen und griff sich mit der linken Hand an ihr rechtes Handgelenk. Janosch konnte nicht ausmachen, ob sie die Frage, die sie vor nicht einmal einer halben Stunde seinem Kollegen gestellt hatte, erkannt hatte oder nicht. Aber wenn er hätte wetten müssen, hätte er auf »Ja« getippt.

Einen Wimpernschlag nach dieser Reaktion hatte sie sich wieder im Griff. Sie strich sich noch eine Strähne aus dem Gesicht und fragte dann: »Wie kommen Sie darauf?«

Janosch registrierte anerkennend, wie leicht es der Kommissarin gelungen war, ihn durch eine einfache Gegenfrage wiederum aus dem Konzept zu bringen. Solche Methoden würde auch Kommissär Matheo angewandt haben.

Janosch beschloss, es der Kommissarin gleich zu tun und mit einer Gegenfrage zu antworten.

»Stimmt es eigentlich, dass Herr Werner mit einem Messer ermordet wurde?«, fragte er.

Die Kommissarin zögerte kurz. »Ja. Er wurde mit einer Art Küchenmesser erstochen.«

»Das ist interessant«, sagte Janosch und dachte erneut an das Theatermesser, mit dem er sich im Stück umbrachte. Sollte er der Polizistin gegenüber offenbaren, dass er das Foto der Tatwaffe gesehen hatte? Er entschied sich dagegen.

»Inwiefern ist das interessant?«

Janosch schlug die Beine übereinander.

»Nun, in unserem Theaterstück MORD OHNE SINN werden die Leute auch mit einem Messer umgebracht. Alle bis auf einen. Der wird mit einer Axt erschlagen. Aber alle anderen werden mit Messern getötet. Ich selbst begehe zum Schluss Selbstmord, indem ich mir mit einem alten Küchenmesser die Kehle aufschlitze«, sagte Janosch und wartete auf Amelie Stahls Reaktion.

Doch diesmal ließ sie sich nichts anmerkten. Stattdessen fragte sie: »Sie schlitzen sich die Kehle auf?«

»Ja. Mit einem alten Messer.«

»Wie geht das im Theater?«

»Was meinen Sie?«

»Nun, wie schafft man es, im Theater jemanden mit einer Axt zu erschlagen oder sich die Kehle aufzuschlitzen, ohne dass jemand verletzt wird?«

Janosch lächelte.

»Im Falle der Axt setzen wir auf die ‚Mauerschau'. Dabei stehen zwei Leute auf der Bühne und starren in die Ferne. Dann sagt der eine zum anderen so etwas wie ‚Schau dort drüben. Ist das nicht der Müller, der der armen Frau mit der Axt den Schädel spaltet?' Früher hat man so ganze Schlachten beschrieben. Zwei Soldaten stehen auf der Mauer und erzählen sich gegenseitig, was sie sehen. Daher kommt der Begriff ‚Mauerschau'.«

»Und wie schlitzt man sich die Kehle auf?«

»Dafür haben wir ein Messer anfertigen lassen, das keine Klinge hat. Also nur eine stumpfe Klinge. Während ich mir damit über den Hals fahre, drücke ich mit der freien Hand auf eine kleine Pumpe, wie man sie von Blutdruckmanschetten kennt, und schon fließt das Theaterblut aus einem kleinen Schlauch, der an meinem Hals endet.«

»Interessant.«

»Aber wieso wollen Sie das wissen?«, fragte Janosch.

»Ich habe in der Schule selbst einmal Theater gespielt«, wich die Kommissarin aus. »Wie schaffen Sie es, im Theaterstück diese Verzweiflung darzustellen, die ein Suizidaler kurz vor seiner Tat verspürt?«

Janosch ärgerte sich, dass es der Kommissarin ein weiteres Mal gelungen war, die Gesprächsführung an sich zu reißen.

»Intensive Vorbereitung«, antwortete er knapp.

»Wie bereitet man sich auf so etwas vor?«, fragte sie nach.

»Man schaut selbst in den Abgrund. Man denkt sich in die Figur hinein. Der Kommissär, den ich spiele, wird getrieben von der Angst, dass er das Böse in der Welt und in sich selbst nicht besiegen kann. Geht es Ihnen nicht manchmal auch so? Dass Sie von Ihrer Arbeit zu sehr eingenommen werden oder dass das Böse in Ihr Leben hineinschwappt?«

Statt zu antworten, kratzte sich die Kommissarin nur am Hals. Die roten Flecken verrieten Janosch, dass sie das nicht zum ersten Mal an diesem Tag gemacht hatte.

»Es gibt übrigens ein Problem mit dem Messer«, sagte Janosch unvermittelt.

»Wie meinen Sie das?«, fragte die Stahl.

»Nun, ich rede natürlich von dem Messer im Stück. Das Messer, mit dem ich mich am Schluss umbringe.«

»Was für ein Problem gibt es mit diesem Messer?«

»Es erscheint zu spät.«

Janosch sah ihr an, dass sie keine Ahnung hatte, wovon er redete.

»Es taucht ganz plötzlich auf. Ohne Vorwarnung, wenn man so will. Ich ziehe es einfach aus der Küchenschublade, halte meinen Monolog und dann schneide ich mir die Kehle durch.«

»Und wo ist das Problem dabei?«, fragte die Kommissarin. Jetzt hatte er sie am Haken, das spürte Janosch.

»Es hätte vorher schon einmal gezeigt werden müssen. Vielleicht in einer der vorangehenden Szenen. Oder man hätte wenigstens einmal darüber reden müssen. Es gibt im Theater ein Prinzip: ›Chekhov's Gun‹. Benannt nach dem russischen Schriftsteller Anton Tschechow. Es besagt, dass eine Waffe, die im ersten Akt auf dem Tisch liegt, im dritten abgefeuert werden muss.«

»Sie wollen sagen, dass das Messer, mit dem sich der Kommissar in der letzten Szene das Leben nimmt, bereits am Anfang des Stücks gezeigt werden muss.«

»Genau. Sie sollten einmal bei Filmen darauf achten. Fast alle Regisseure verwenden dieses Prinzip. Manchmal nur, um Spannung aufzubauen. Sie zeigen eine Waffe, die vielleicht unter einem Tisch verborgen ist und später greift der

Bösewicht zu dieser Waffe und bedroht damit den Helden. In unserem Stück fehlt dieser Spannungsbogen.«

»Wie meinen Sie das?«, fragte die Kommissarin.

»Kommissär Matheo greift so plötzlich zu dieser Waffe. Es ist dem Zuschauer zwar klar, dass er sich das Leben nehmen will, doch es besteht kein Grund zur Sorge, da er keine Waffe hat. Zumindest keine, von der der Zuschauer weiß. Wenn man aufgrund einer vorgegangenen Szene wüsste, dass in der Küchenschublade ein großes Messer liegt, hätte man einen Grund, besorgt zu sein.«

»Vielleicht wollte der Autor des Stücks aber gerade das zeigen, dass nämlich das Böse meistens unvermittelt in die Welt tritt«, mutmaßte die Kommissarin.

»Damit hätte er dann wohl richtig gelegen«, sagte Janosch.

»Wie meinen Sie das?«

»Nun, wenn mir gestern jemand erzählt hätte, dass hier heute eine Leiche gefunden wird, hätte ich es nicht geglaubt.«

»Das ist das Problem: Meistens sieht man das Böse nicht kommen und läuft ahnungslos in seine Falle.«

Der Traum

Ignatius wälzt sich unruhig im Bett hin und her. Seine Gedanken kehren immer wieder zu dem Brief zurück, den er von Matheo erhalten hat. Nicht das erste Mal in seiner Karriere als Schriftsteller quält ihn die Frage, ob es recht ist, was er den Charakteren seines neuen Stücks antut. Ist er verantwortlich für das, was Matheo widerfährt? Gäbe es eine Möglichkeit, das Stück zu beenden, ohne das Schicksal des Kommissärs auf so grausame Art enden zu lassen?

Während Ignatius über all diese Fragen nachdenkt, arbeitet in ihm noch ein viel finstereres Wesen. Eine Erinnerung an einen Traum, den er gehabt hat. Einen Traum über seine Frau Laurianne. Er hatte irgendwie mit dem Dorf zu tun, in dem er den Sommer verbracht hat und in dem er sein neues Stück spielen lassen will. Seine Frau ist ihm in diesem Traum begegnet. Ihr Gesicht überzogen von einer dicken Schicht schwarzen Schimmels. Sie hat qualvoll geschrien und zwischendurch immer wieder hysterisch gelacht. Ignatius hat versucht, aufzuwachen. Doch seine einzige Chance dazu, bestand darin, vor seiner Frau davonzulaufen. Irgendwann ist dann der Traum erstarrt, eingefroren, hat dunkle Flecke bekommen wie ein durchgebrannter Celluloidfilm im Kino. Ignatius ist schreiend im Bett aufgewacht.

Laurianne hat es mitbekommen, ihn noch gefragt, was er geträumt habe, doch er konnte es ihr nicht sagen.

Jetzt liegt er wieder schlaflos neben seiner Frau im Bett. Irgendwann übermannt ihn doch die Müdigkeit und er fällt in einen traumlosen Schlaf. Was ihn wieder weckt, ist das Pfeifen des Teekessels. Als Ignatius die Augen öffnet, ist es noch dunkel. Laurianne schläft weiterhin tief und fest. Er steht vorsichtig auf. Die alten Holzdielen knarzen unter seinem Gewicht. Er geht langsam aus dem Schlafzimmer und lauscht in die Stille des Ateliers. Von der Staffelei blickt ihn eine weiße Leinwand an. Die Pinsel liegen auf einem kleinen Tisch bereit wie das Operationsbesteck eines Chirurgen. Jetzt kann Ignatius das Pfeifen des Teekessels deutlich hören. So leise wie möglich – er will auf keinen Fall seine Frau aufwecken – eilt er die Treppe hinunter.

In der Zwischenetage hält er verwirrt inne. Etwas stimmt nicht. Nicht ganz. Das Wohnzimmer liegt im kalten Mondlicht vor ihm. In der Ecke stehen die beiden Sessel, in denen er und Laurianne abends immer lesen. Ignatius' Blick fällt auf das Bücherregal neben den Sesseln. Dann sieht er, was nicht stimmt. Es fehlen sämtliche Bücher. Ignatius' Herz setzt einen Moment aus. Sie wurden doch hoffentlich nicht beraubt. Er geht zum Regal hinüber und betrachtet die jetzt leeren Regalbretter. Auf ihnen hat sich eine dicke Staubschicht gebildet. Doch wie kann das sein, wo doch bis vor ein paar Stunden noch reihenweise Bücher im Regal standen?

Ignatius betastet den Staub. Er fühlt sich heiß an. Dann hört er wieder das Pfeifen des Teekessels. Er beschließt, sich später Gedanken über die Bücher zu machen und zunächst herauszufinden, woher das Pfeifen kommt.

Auf dem Weg zurück zur Treppe fallen ihm noch weitere Veränderungen im Raum auf. Die Tapete wird seltsamerweise nicht mehr von Blumen, sondern von geometrischen Formen wie Dreiecken und Vierecken verziert. Jetzt erst fällt Ignatius auf, dass der Handlauf am Treppengeländer sich ebenfalls verändert hat. Wo sich gestern Abend noch ein dunkler Holzhandlauf befand, ist nun kaltes Metall.

Mit einem Mal wird Ignatius klar, was all das zu bedeuten hat. Er befindet sich in einem Traum. Er liegt weiterhin im Bett und träumt davon, wie er durch die Maisonettewohnung geht. Aber wieso fühlt sich dann alles so real an? Ignatius spürt, dass er die Antwort auf diese Frage unten in der Küche finden wird. Er steigt eine weitere Treppe runter und öffnet die Küchentür. Am Herd steht ein kleines Mädchen und gießt heißes Teewasser in eine Tasse. Ignatius erkennt es sofort. Es ist das Mädchen, das in der ersten Szene seines neuen Theaterstücks stirbt. Es ist das Mädchen, das er in der ersten Szene umbringt, das er tötet, um beim Publikum Interesse zu wecken.

»Hallo Schöpfer«, sagt das Mädchen.

Ignatius kann nicht glauben, dass das Mädchen ihn mit »Schöpfer« angesprochen hat. Er überlegt einen Moment, ob er wieder nach oben gehen und sich einfach wieder ins Bett legen sollte, doch dann geht er mit zittrigen Schritten in die Küche.

»Hallo Kleines«, sagt er.

Ignatius spürt, wie ihm die Tränen kommen.

»Es tut mir so leid«, sagt er. »Alles. Dein Tod. Dein Leben. Einfach alles.«

»Es ist schon gut, Schöpfer. Setzen wir uns an den Tisch. Ich muss dir etwas Wichtiges erzählen.«

Sie setzen sich an den Tisch. Ignatius stellt die gusseiserne Teekanne auf einen gehäkelten Topflappen. Das Mädchen umklammert seine Tasse Tee.

»Weißt du, was schrecklicher ist, als zu sterben?«, fragt das Mädchen.

Ignatius kann sich nichts vorstellen, was schrecklicher wäre als der eigene Tod, außer der Tod seiner Frau.

»Das Gefühl, wenn einen die Dunkelheit übermannt. Man spürt es ganz deutlich. Zunächst sind es nur kleine Dinge, die von der Dunkelheit beherrscht werden. Man isst nicht mehr so gerne Brot. Ich weiß nicht genau, was die Dunkelheit gegen Brot hat, doch sobald man einmal befallen ist, verspürt man eine Abneigung gegen Brot.«

Das Mädchen pustet über den heißen Tee und trinkt einen Schluck.

»Dann kommen noch andere Dinge hinzu. Man kann zum Beispiel nicht mehr singen. Das war für mich am Anfang das Schlimmste. Ich singe nämlich gern, musst du wissen.«

Ich träume, ich träume, ich träume, denkt Ignatius immer wieder. Er überlegt kurz, ob er es laut aussprechen soll, doch er will das Mädchen nicht unterbrechen.

»Richtig schlimm wird es dann, wenn man auf einmal das Bedürfnis verspürt, andere Menschen zu töten. Ich selbst habe dieses Gefühl nur sehr kurz gehabt, doch bei anderen Dorfbewohnern konnte man es deutlich sehen. Der Bauer Freier zum Beispiel hat geweint, als er mit der Axt der armen Frau den Schädel gespalten hat. Dieses Gefühl zu unterdrücken tut so weh. Es fügt einem selbst Schmerzen zu, will einen so dazu drängen, nachzugeben. Doch ich bin standhaft geblieben. Bis zum Schluss.«

Ignatius beginnt leise zu weinen. Das Mädchen sieht ihn gütig an.

»Du musst dir keine Gedanken darüber machen. Es ist vorbei. Ich habe nicht gemordet. Ich konnte sterben.«

»Wer hat dich getötet?«, fragt Ignatius.

»Ich weiß es nicht mehr. Ich weiß nur noch, wie froh ich war, dass es nicht mein eigener Vater war.«

»Was tust du jetzt?«

»Jetzt lebe ich hier. Und vor allem kann ich singen.«

Das Mädchen stimmt ein Lied an, das Ignatius vage bekannt vorkommt. Die Stimme des Mädchens schwingt sich hinauf zu immer höheren Tönen, bis sie zu einem lauten Pfeifen verzerrt wird, immer lauter und lauter und lauter, bis Ignatius endlich erwacht.

Er liegt in seinem Bett. Das Kopfkissen ist getränkt von den Tränen, die er in der Nacht vergossen hat.

Ein zweites Messer

Helena Trumpfheller saß in ihrem Büro. Sie konnte immer noch nicht fassen, was in den letzten Tagen alles auf sie eingeprasselt war. Zuerst die Ankündigung Werners, all seine Investitionen zu streichen, dann der Leichenfund. Und jetzt durften sie nicht einmal mehr im Theater proben. Wobei Trumpfheller sich sowieso fragte, wieso sie überhaupt noch probten. Niemand wusste, was aus dem Theater wurde. Würden sie bis zur ersten Aufführung von MORD OHNE SINN durchhalten? Für Trumpfheller betrieben sie zurzeit »Theater ohne Sinn«.

Doch in all dem Chaos gab es für sie einen Lichtblick. Vielleicht bestand die Möglichkeit, nach Werners Tod neu über die Zuschüsse zu verhandeln.

Die Hoffnung stirbt zuletzt, dachte Trumpfheller, als sie auf dem Flur Schritte hörte. Sie stand auf, um nachzuschauen, wer sich um diese Zeit im Theater aufhielt. Es war die junge Kommissarin.

»Guten Morgen Frau Trumpfheller«, sagte die Stahl. »Ich würde mir gerne noch einmal Herrn Hillenbergers Büro ansehen.«

Trumpfheller zuckte nur mit den Achseln.

»Steht der Hintereingang eigentlich immer offen?«, fragte die Kommissarin.

»Der Hintereingang?«, fragte Trumpfheller. »Meistens schon. Die Leute wollen ja nicht jedes Mal auf- und wieder zuschließen, wenn sie mal eine rauchen gehen.«

»Aber heute ist doch niemand im Haus.«

»Macht der Gewohnheit.«

»Wann wird hier abgeschlossen?«

Trumpfheller überlegte einen Moment.

»Meistens so gegen sieben oder halb acht. Es sei denn, Herr Hillenberger oder Frau Batke arbeiten länger. Dann kann es auch schon mal neun oder zehn werden.«

»Kommt das oft vor?«, fragte die Kommissarin.

»Vielleicht ein- oder zweimal die Woche. Meistens ist's Herr Hillenberger, der länger bleibt. Und Frau Batke. Die tüfteln dann in seinem Büro an den Stücken.«

»Stimmt es eigentlich, dass Herr Hillenberger bei Daniel Werner erwirken wollte, dass man Sie ersetzt?«, fragte die Polizistin.

»Ich verstehe Sie nicht«, antwortete Trumpfheller.

Sie verstand die Frage tatsächlich nicht. Das war das Erste, was sie in dieser Hinsicht hörte.

»Ihr Kollege Herr Hillenberger hat uns gegenüber behauptet, man sei daran, eine neue Theaterführung zu finden. Er würde für die Übergangsphase die Position des In …«

Stahl stockte. Sie überlegte, welches Wort Hillenberger benutzt hatte.

»Des Intendanten«, half Trumpfheller ihr.

»Richtig. Herr Hillenberger sagte, er würde dann kommissarisch die Rolle des Intendanten übernehmen.«

»Davon höre ich zum ersten Mal«, sagte Trumpfheller. »Und ich bin mir sicher, dass dieses Detail mit mir abgesprochen worden wäre.«

»Das heißt, dass Sie sich das nicht vorstellen können?«, fragte Stahl.

»Es ist absolut unglaubwürdig«, bestätigte Trumpfheller.

»Interessant«, murmelte die Kommissarin. »Ich würde mich dazu gerne noch weiter mit Ihnen unterhalten. Doch vorher möchte ich mich in Herrn Hillenbergers Büro umsehen. Allein.«

»Dann lasse ich Sie jetzt allein«, sagte Trumpfheller und wandte sich zum Gehen.

Aus den Augenwinkeln sah sie gerade noch, wie die Polizistin ein kleines Messer aus ihrer Handtasche nahm und das Siegel am Türfalz entlang durch schnitt. Dann betrat sie den Tatort.

Trumpfheller ging in ihr Büro.

Sie konnte nicht glauben, was die Polizistin ihr gerade erzählt hatte. Sie war drauf und dran, Hillenberger anzurufen. Doch er hatte darum gebeten, bei der Probe nicht gestört zu werden.

Scheiß drauf, dachte sie und griff nach dem Telefon.

»Was gibt's?«, meldete sich Hillenberger.

Er hatte offenbar ihre Nummer auf dem Display gesehen.

»Stimmt es?«, fragte Trumpfheller nur.

»Was?«

»Dass ihr mich ersetzen wolltet.«

Stille.

Dann hörte sie aus dem Hintergrund: »Bitte nochmal. Doch diesmal etwas entsetzter, immerhin haben Sie gerade einen Mord beobachtet!«

Wie es schien, waren sie gerade mitten in der Probe von Szene drei oder vier. Dabei stand für heute eigentlich das Verhör des Pfarrers auf dem Programm. Trumpfheller blickte bei Hillenbergers chaotischem Vorgehen nicht mehr durch. Wenn sie es so betrachtete, war er es, den man ersetzten musste.

»Wolltest du dir meinen Job unter den Nagel reißen?«, fragte sie.

»Müssen wir das am Telefon besprechen? Wir sind hier mitten in der Probe.«

»Ja, wir müssen das genau jetzt besprechen!«

»Na schön. Herr Werner und ich hatten mal ins Blaue philosophiert. Er hat mich um eine sachkundige Einschätzung gebeten. Er wollte wissen, was hier schiefläuft. Irgendwann kamen wir darauf, dass wir vielleicht mit einem neuen Intendanten besser dran wären.«

»Weißt du, was hier schief läuft? Du, Marek! Du bist eine Vollkatastrophe und ich will, dass du – egal, wie es hier weitergeht – am Ende der Saison deinen Platz räumst.«

Sie legte auf, ohne eine Antwort abzuwarten. Mit zitternden Händen saß sie am Schreibtisch. Herrgott, sie brauchte jetzt eine Zigarette!

Sie wollte gerade nach draußen gehen, als die Kommissarin die Tür öffnete und eintrat.

»Darf ich Sie kurz stören?«, fragte Stahl.

Trumpfheller nickte stumm.

»Würden Sie mir bitte die Bühne zeigen?«

Sie verstand nicht, wieso die Polizistin sich jetzt die Bühne ansehen wollte. Wie konnte das zur Aufklärung des Mordfalls beitragen? Doch sie nickte nur und verließ mit ihr das Büro. Sie führte die Kommissarin durch die schmalen Flure nach vorne zur Bühne. Dort gab es mehrere Treppen, die nach oben führten. Dicke Seile hingen von der Decke. Als Stahl fragte, was man mit ihnen machte, erklärte Trumpfheller: »Damit kann man den Bühnenhintergrund nach oben ziehen. Jede einzelne Szene hat einen anderen Hintergrund. Zurzeit ist das Wirtshaus unten. Es gibt aber auch noch die Straße, den Friedhof und die Stube des Kommissars. Je nachdem, welche Szene gerade dran ist, wird der Hintergrund ausgetauscht. Das macht dann der Bühnentechniker von dort hinten aus, mit der Zentralsteuerung.«

»Gibt es keine Drehbühne?«

Trumpfheller schüttelte den Kopf.

»Dafür ist das Theater zu klein.«

»Ich verstehe. Und können Sie mir zeigen, wo die Requisiten aufbewahrt werden?«, fragte Stahl.

»Klar. Kommen Sie mit.«

Trumpfheller ging voran. Sie führte die Kommissarin in einen schmalen Raum hinter der Bühne, der zu beiden Seiten über hohe Regale verfügte. Die Regalbretter waren beschriftet und vollgestopft mit allerlei Utensilien. Es gab Gläser, Pfannen, eine Schreibmaschine, Holzkreuze und Kerzenleuchter. Die Polizistin sah sich die einzelnen Gegenstände an. Sie fand nicht, was sie suchte. Schließlich wandte sie sich an Trumpfheller.

»Wo ist das Messer, mit dem sich der Kommissar das Leben nimmt?«

»Das Küchenmesser? Das liegt in Herr von Hofens Garderobe.«

»Können Sie mir die Garderobe bitte aufschließen?«, fragte die Kommissarin.

»Selbstverständlich.«

Sie gingen zu der Garderobe, in der noch am Vortag die Verhöre stattgefunden hatten.

»Das muss in der Schublade dort liegen«, sagte Trumpfheller.

Sie ging auf den Schminktisch zu und öffnete die linke Schublade. Sie nahm das Messer heraus und reichte es der Kommissarin.

»Was sagt man dazu«, sagte die Polizistin. »Wir haben einen Volltreffer.«

»Ich verstehe nicht«, sagte Trumpfheller.

»Dieses Messer hier ist eine exakte Kopie der Mordwaffe.«

»Wer hat die Messer besorgt?«, fragte Kommissarin Stahl.

»Das müssen Hillenberger und Batke gewesen sein«, antwortete Trumpfheller.

Sie saßen wieder in ihrem Büro. Helena Trumpfheller hatte sich ein wenig beruhigt. Dass die Mordwaffe wie ihr Requisitenmesser aussah, hatte sie von dem Streit mit Hillenberger abgelenkt.

»Sie waren es also nicht?«

»Ich?«

Trumpfheller schüttelte den Kopf.

»Von sowas habe ich keine Ahnung. Ich meine, ich habe schon über alles den Überblick, doch ich stecke nicht so tief in der Materie wie Herr Hillenberger und Frau Batke.«

»Es gibt doch sicher noch eine Rechnung von dem Händler, bei dem das Messer gekauft wurde.«

»Die kann ich Ihnen raussuchen.«

»Machen Sie das. Und schicken Sie sie mir bitte per Mail.«

Die Kommissarin erhob sich, nahm das Messer, das in einer Plastiktüte verpackt war, und wandte sich zur Tür. Bevor sie ging, drehte sie sich noch einmal um.

»Was denken Sie: Wieso hat Herr Hillenberger uns bezüglich Ihres Rauswurfs angelogen?«

»Ich weiß es nicht«, sagte Trumpfheller und war froh, dass die Polizistin auf ihrer Seite stand.

Matheo

Das laute Ticken der Uhr reißt Ignatius immer wieder aus seinen Gedanken. Er sitzt vor seiner Olympia und streicht mit den Fingerspitzen sanft über die Tasten. Er hat seinen Schwung verloren. Gestern noch hatte er die ganze Szene deutlich vor Augen, konnte beinahe die Luft des Bergdorfes atmen. Alles hat offen vor ihm gelegen, die Worte sind nur so aus ihm herausgeflossen.

Jetzt sitzt er seit einer Stunde vor einer weißen Seite. Sein Kopf schmerzt vor Anstrengung. Er kommt sich vor wie eine Zahnpastatube, aus der man den letzten Rest rauspressen will. Die weiße Seite straft ihn mit Schweigen. Die Stille ist unerträglich.

Vielleicht, so denkt er, sollte ich mir die Beine vertreten, anstatt mich weiter zu zwingen, einen vernünftigen Satz oder gar eine nachvollziehbare Handlung aufs Papier zu bringen. Er steht auf und geht nach unten. Laurianne ist oben in ihrem Atelier, so dass sie nicht mitbekommt, wie er das Haus verlässt.

Ignatius geht mit schnellen Schritten los. Ziellos durch die Stadt. Nach einiger Zeit verlangsamt er sein Tempo und nimmt wahr, wohin ihn seine Füße getragen haben. Er geht hinunter zum Ufer der Donau und starrt ins Wasser. Das Wasser fließt – ganz im Gegensatz zu seinen Worten. Er lässt seine Gedanken davontreiben, bis in seinem Kopf eine alles ausfüllende Leere herrscht.

»Was haben wir heute für ein Glück mit dem Wetter«, sagt ein Mann, der sich zu ihm gesellt hat.

Ignatius nimmt ihn zunächst nicht wahr. Dann dreht er sich um und sieht den Mann zu seiner Linken an. Er trägt einen Hut und einen alten ausgefransten Schal. Ignatius glaubt, ihn schon einmal gesehen zu haben, doch er kann nicht einordnen, woher er den Mann kennt.

»Sie sagen es«, sagt Ignatius schließlich. Nach einem kurzen Moment der Stille fragt er: »Kenne ich Sie?«

Der Mann lächelt.

»Verzeihen Sie, dass ich mich nicht vorgestellt habe. Mein Name ist Matheo Rathen. Ich bin Oberkommissär hier in Wien. Ich habe einst in einem kleinen Bergdorf wegen Mordes gegen Sie ermittelt.«

Ignatius glaubt zunächst, er habe sich verhört. Doch dann wird ihm klar, wer der Mann neben ihm ist. Ignatius spürt auf einmal, wie die Erde ihn mit aller Macht nach unten zieht. Er fühlt die Gravitation in all seinen Gliedern. Das Blut fällt in seinen Blutbahnen nach unten. Ihm wird schwarz vor Augen. Ignatius gibt sich geschlagen. Er sinkt auf der Bank zusammen und schlägt unsanft mit dem Kopf auf. Danach ist nur noch Schwärze.

Als Ignatius wieder zu sich kommt, sitzt er auf einer Bank am Donauufer. Die Sonne ist weitergezogen, so dass es bereits zu dunkeln beginnt. Er friert leicht. Orientierungslos steht er auf. Seine Gelenke schmerzen. Er überlegt einen Moment, wie er auf die Bank gekommen ist. Schließlich erinnert er sich wieder an den seltsamen Mann. Hat er das wirklich erlebt? Ignatius schüttelt den Kopf. Er hat wohl zu lange in die Donau gestarrt, bis ihn schließlich die Müdigkeit übermannt und er sich auf die Bank gesetzt hat.

Er beschließt, nach Hause zu gehen. Die Straßen sind mittlerweile leer. Es ist, als ruhten die Leute sich in ihren Häusern aus, um später dann die Nacht zu beleben. Als Ignatius zu Hause ankommt, empfängt Laurianne ihn mit vorwurfsvollem Blick.

»Da bist du ja«, sagt sie zur Begrüßung.

»Tut mir leid. Ich habe mir die Beine vertreten und dabei wohl die Zeit vergessen«, sagt er, um ihren stummen Vorwurf zu entkräften.

»Ich habe eine Stunde mit dem Essen auf dich gewartet. Jetzt musst du allein essen. Ich lege mich heute früher hin. Die Arbeit war sehr anstrengend.«

»Es tut mir leid«, sagt Ignatius noch einmal.

»Es ist schon gut. Ich habe dir eine Portion Germknödel übrig gelassen«, sagt Laurianne. Sie gibt ihm einen Kuss und geht nach oben.

Ignatius setzt Kaffeewasser auf. Dann setzt er sich an den Tisch und stochert lustlos mit der Gabel in seinem Essen herum. Laurianne kommt noch einmal nach unten, um sich ein Glas Wasser für die Nacht zu holen. Sie trägt bereits ihr rosafarbenes Nachthemd. Sie wünscht ihm eine gute Nacht und geht wieder nach oben.

Ignatius hat seinen Germknödel aufgegessen. Er nippt gedankenverloren an seinem Kaffee. Er ist sich immer noch nicht sicher, was er am Mittag an der Donau erlebt hat, oder glaubt erlebt zu haben. Er weiß nur noch, dass sein Kopf leer war. Keine Gedanken mehr, keine Angst mehr, er könne sein Stück nicht fertig schreiben. Und dann war da dieser Mann. Ignatius erinnert sich nicht mehr an seinen Namen. Hat er gesagt, er heiße Reuther oder Rathenau?

Ignatius wird durch ein leises Klopfen an der Tür aus seinen Gedanken gerissen. Er sieht auf die große Küchenuhr. Es ist bereits nach elf Uhr. Wer soll ihn zu dieser späten Stunde noch besuchen? Ignatius steht auf und öffnet die Tür. Vor ihm steht der Mann, dessen Namen ihm schlagartig wieder einfällt: Matheo Rathen, Oberkommissär der Wiener Polizei.

»Guten Abend, Herr Reichenbach«, sagt der Polizist freundlich.

»Herr Rathen, ich hätte nicht geglaubt, dass wir uns noch mal begegnen. Kommen Sie doch herein.«

Ignatius ist selbst überrascht, dass ihm nicht gleich wieder schwindelig wird. Er akzeptiert die Existenz des Polizisten, wie er seine eigene anerkennt.

Der Kommissär betritt die Wohnung. Gemeinsam gehen sie in die Küche.

»Ich wollte gerade meinen Abendkaffee trinken. Darf ich Ihnen auch eine Tasse anbieten?«

»Gerne.«

Matheo legt Hut und Mantel ab und Ignatius hängt beides im Flur an die Garderobe.

»Wenn Sie wollen, gehen wir nach oben in meine Bibliothek. Dort haben wir zwar keinen Ofen, doch dafür stehen dort zwei gemütliche Sessel.«

Sie verlassen die Küche und Ignatius legt noch zwei Holzscheite auf, bevor sie nach oben gehen. Die warme Luft des Ofens wird durch die Etagen strömen und sie auch im Obergeschoss erwärmen. Ignatius bietet Matheo einen der Sessel an.

»Möchten Sie vielleicht noch einen Cognac zu sich nehmen?«, fragt er, als er merkt, wie ihn Unruhe befällt.

»Für mich heute keinen Alkohol mehr«, sagt Matheo. »Ich muss nachher noch nach Hause fahren.«

Ignatius erinnert sich nicht daran, ein Auto gehört zu haben. Er hat vermutet, der Kommissär sei zu Fuß gekommen.

»Dann muss ich wohl allein trinken.«

Ignatius schenkt sich einen Fingerbreit Cognac in ein Glas ein. Dann setzt er sich in den zweiten Sessel.

»Sie haben bestimmt viele Fragen«, sagt Matheo, nachdem sie sich eine Weile angeschwiegen haben. »Ich bin mir nur nicht sicher, ob ich sie Ihnen beantworten kann oder soll.«

Ignatius überlegt einen Moment. Er hat in der Tat so viele Fragen auf der Zunge liegen, dass man ein ganzes Buch mit ihnen füllen könnte. Schließlich fragt er: »Sind Sie real?«

Matheo Rathen lächelt.

»Es kommt darauf an. Es kommt darauf an, welche Welt Sie meinen. In Ihrer Welt bin ich nicht real. Hier bin ich nichts weiter als eine Ausgeburt Ihrer Fantasie – Ihrer Schaffenskraft. In jener Welt, die Sie sich erdacht haben, bin ich real. Dort lebe ich mein Leben bis zu meinem grausamen Tod.«

»Habe ich diese Welt wirklich erschaffen?«, fragt Ignatius.

»Das ist eine gute Frage. Gäbe es diese Welt auch ohne Ihr Stück – oder gäbe es Ihr Stück auch ohne meine Welt?«

Ignatius kann Matheos Gedanken nicht folgen.

»Was ist mit dem Mädchen? Wurde sie wirklich erstochen?«

Matheo nickt.

»Es war der grausamste Fall, den ich je untersuchen musste. Das Mädchen war doch noch so klein. Ihr ganzes Leben lag noch vor ihr.«

»Würde es denn noch leben, wenn ich mein Stück umschreiben würde? Wenn ich mein Stück gar nicht beenden würde?«

»Könnten Sie das denn wirklich? Und glauben Sie wirklich, die Geister der Toten ließen Sie jemals wieder ruhen?«

Ignatius sinkt in seinem Sessel zusammen. Ihm wird klar, dass er das nicht könnte. Er brächte es nicht übers Herz, MORD OHNE SINN unvollendet zu lassen oder gar zu verbrennen. Zu wichtig ist die Botschaft, die er für die Zuschauer hat. Er muss die Menschen warnen. Davor, dass nichts sicher ist vor dem Wahnsinn. Davor, dass die Dinge nicht so einfach sind. Nichts ist einfach. Alle sind schuld und doch trägt niemand Schuld. Das Böse wartet überall. Möglicherweise in deinem Nächsten, möglicherweise in …

»Was kann ich tun?«, fragt Ignatius.

Der Kommissär lächelt ihn gütig an.

»Sie können das Stück vollenden. Es muss gesehen werden. Die Welt muss es sehen, muss Ihre Botschaft hören.«

»Könnte ich Sie am Leben lassen?«

Matheo schüttelt den Kopf.

»Ob Sie es aufschreiben oder nicht, mein Tod ist schon passiert. Sie haben keinen Einfluss mehr darauf.«

Plötzlich wirkt Matheo unruhig. Er kratzt sich mit den Fingern am Knie und zieht geräuschvoll die Luft ein. Hastig steht er auf und macht Anstalten, sich zu verabschieden.

»Aber, ich habe doch noch so viele Fragen an Sie. Wer der Mörder war, wen Sie verhaftet haben, ob jemals wieder Ruhe in das Dorf eingekehrt ist.«

Matheo lächelt erneut.

»Diese Fragen haben Sie doch schon selbst längst beantwortet. Ich kann jetzt nicht mehr hierbleiben. Es war wirklich nett, mit Ihnen zu reden.«

Ignatius begleitet Rathen nach unten. Als der Kommissär in seinen Mantel schlüpft, fällt ihm etwas ein. Er kramt in der Innentasche seines Mantels und zieht einen Briefumschlag daraus hervor.

»Diesen Brief wollte ich Ihnen noch geben. Ich bin mir nur nicht mehr sicher, ob Sie ihn auch wirklich lesen sollten. Versprechen Sie mir nur eins: Dass Sie Ihr Stück zu Ende schreiben.«

Matheo reicht Ignatius den Brief.

»Das werde ich tun«, sagt Ignatius leise. Seine Augen sind auf den Brief gerichtet.

Matheo setzt seinen Hut auf und geht zur Tür.

»Es hat mich gefreut, Sie kennenzulernen«, sagt Matheo.

Ignatius findet keine Worte. Stumm hält er dem Kommissär die Tür auf. Sie reichen sich zum Abschied die Hand. Dann geht Rathen nach draußen. Nach kurzer Zeit verschwindet er in der Dunkelheit. Ignatius schließt die Tür. Er bleibt eine Zeitlang im Flur stehen. Dann geht er nach oben, den Brief in der Hand. Er setzt sich an seinen Schreibtisch und öffnet den brüchigen Briefumschlag mit einem Messer.

Lieber Ignatius,

es hat mich ungemein gefreut, heute Nachmittag Ihre Bekanntschaft zu machen. Ich möchte Ihnen hiermit ein Detail weitergeben, das sich nur schwer in Worte fassen lässt. Es geht mir um den Moment, da ich von der Dunkelheit umfasst wurde. Es ist ein seltsames Gefühl, das einen erst mit Furcht und später, wenn man ganz ergriffen ist, mit Freude erfüllt. Und dann kommt die Erlösung durch den eigenen Tod. Es war eine Erlösung, denn ich hätte es nicht ertragen, für das Dunkel zum Mörder zu werden.

Ich bitte Sie inständig: Passen Sie auf sich auf. Lassen Sie nicht zu, dass das Dunkel auch von Ihnen Besitz ergreift, denn hat es einen erst einmal gepackt, gibt es kein Zurück mehr.

Lassen Sie es nicht so weit kommen!
Ich verbleibe als Ihr Freund
Matheo Rathen

Identifikation

Marek Hillenberger hatte in der vergangenen Nacht kaum geschlafen. Nicht, weil er im Traum immer wieder Daniel Werners Leiche gesehen hatte – was durchaus vorgekommen war –, sondern weil er um sein Theaterstück fürchtete. Helena Trumpfheller hatte gestern den ganzen Tag mit der Polizei telefoniert und sich erkundigt, wann der Tatort freigegeben würde. Zwischendurch war sie immer wieder in Tränen ausgebrochen.

Gerade, als er seinen Morgenkaffee trank, klingelte sein Mobiltelefon. Es war die Kommissarin.

»Guten Morgen Herr Hillenberger«, begann sie. »Ich habe eine gute Nachricht für Sie: Ab sofort können Sie mit Ihrem Ensemble wieder auf der Theaterbühne proben.«

»Das ist die beste Nachricht des Tages«, sagte Hillenberger. »Was ist mit meinem Büro? Darf ich dort wieder arbeiten?«

»Da muss ich Sie leider enttäuschen. Da wir noch einige ungeklärte Fragen bezüglich des Tathergangs haben, ist dieser Raum nach wie vor gesperrt.«

»Nun, immerhin dürfen wir wieder auf die Bühne. Kann ich sonst noch etwas für Sie tun?«

»Nein, wir werden nachher noch mal bei Ihnen im Theater vorbeikommen. Ich hoffe, es stört Sie nicht, wenn wir bei der Probe zuschauen und dem ein oder anderen noch ein paar Fragen stellen.«

»Überhaupt nicht. Darf ich fragen, wieso? Sie verdächtigen doch nicht etwa jemand aus dem Theater?«

»Darüber möchte ich jetzt am Telefon nicht reden. Ich erkläre es Ihnen später. Sagen wir, so gegen zwei Uhr.«

Hillenberger legte auf und verließ gut gelaunt die Wohnung.

Als er in seinem Mercedes saß, klingelte das Telefon. Ein Blick auf das Display verriet ihm, dass es Bianca Mayer war.

»Hallo Bina«, begrüßte er sie.

»Hallo Marek«, sagte Bianca kühl.

»Ich glaube, ich muss mich bedanken bei dir, für den Tipp neulich. Auch, wenn er ein wenig zu spät kam.«

»Gern geschehen. Hat die Polizei mit dir geredet?«, fragte sie.

»Ja.«

»Haben sie nach mir gefragt?«

»Nein.«

»Hattest du den Eindruck, sie wüssten das von uns?«

»Woher sollten die denn von uns wissen?«, fragte Hillenberger. »Ich kenne deinen Mann, aber doch nicht dich.«

»Sie haben mich aber nach dir gefragt. Du hast mich von deinem Büro aus angerufen.«

Verdammt! Hillenberger schlug mit der flachen Hand aufs Armaturenbrett.

»Zumindest hat das gestern dieser Hauptkommissar Weiß behauptet.«

»Weiß war bei dir? Was wollte er wissen?«, fragte Hillenberger.

»Nichts Bestimmtes. Nur das Übliche. Ob ich noch Kontakt zu Daniel hatte. Solche Sachen.«

»Und was hat er über mich gefragt?«

»Er wollte wissen, wieso du mich von deinem Büro aus angerufen hast. Ich habe gesagt, dass du mich wegen einer Theateraufführung um Rat gebeten hast.«

»Hattest du den Eindruck, er ahnt, dass wir ein Paar waren'?«, fragte Hillenberger.

Bianca Mayer schnaubte hörbar. Dann sagte sie: »Er hat mich direkt gefragt, ob Daniel von meinen Seitensprüngen – wie der Kommissar das nannte – gewusst hätte.«

»Und?«

»Ich habe alles abgestritten.«

Vor Hillenbergers Auge tanzte wieder der Engel an Biancas Bein auf und ab.

»Sie werden auch dich fragen, wieso du mich angerufen hast«, sagte Bianca.

»Und was soll ich denen sagen? Ich habe mit der Exfrau unseres Sponsors telefoniert. Vielleicht habe ich ja versucht, ein wenig mehr Geld herauszukitzeln.«

»Hast du?«, fragte Bianca.

»Natürlich nicht, Bina. Ich war mit dir zusammen, weil ich mit dir zusammen sein wollte. Ich wollte nur dich.«

»Und jetzt?«

»Wie und jetzt? Ich verstehe nicht, was du meinst«, sagte Hillenberger.

»Willst du mich immer noch?«

»Ich dachte, wir hätten die Sache für beendet erklärt, oder etwa nicht?«

»Das ist richtig. Doch die Dinge haben sich geändert.«

»Inwiefern?«, fragte Hillenberger.

»Ich werde in naher Zukunft ein florierendes Unternehmen erben. Ich überlege noch, ob ich nicht vielleicht eine kleine Kulturförderung einrichte. Zum Beispiel fürs Theater.«

Hillenbergers Mund wurde trocken.

»Was verlangst du von mir?«, fragte er schließlich.

»Wer sagt denn, dass ich von eurem Theater rede?«

»Bitte Bina, hör auf, mit mir zu spielen. Ich bin gerade sehr gestresst, weil ich versuchen muss, mein Stück zu finanzieren.«

»Ich bin auch sehr gestresst, weißt du. Mein Mann wurde schließlich ermordet.«

»Dein Ex.«

»Das ändert nichts. Aber, weil du so schön gefragt hast, sage ich dir, was ich will: Ich will, dass du die peinliche Affäre mit dieser Studentin beendest. Ich will, dass du sie vor die Tür setzt. Sie soll sich ein anderes Theater suchen.«

Hillenberger war sprachlos. Wütend starrte er das Smartphone in seiner Hand an, als könne er Bianca so einen bösen Blick zuwerfen.

»Woher weißt du davon?«, fragte er.

Am anderen Ende der Leitung hörte er Bianca lachen.

»Was glaubst du?«, höhnte sie. »Sie hat es mir erzählt. Hat es mir bei meinem letzten Besuch direkt auf die Nase gebunden.«

Hillenberger erinnerte sich daran, wie Laura und Bianca sich vor einem halben Jahr am Theater über den Weg gelaufen waren. Bianca hatte ihn in seinem Büro besucht. Als sie sich verabschiedet hatte, war sie geradezu mit Laura zusammengeprallt.

»Die Kleine ist gut«, sagte Bianca. »Sie hat die Lage damals sofort durchschaut. Und gleich am nächsten Tag hat sie mir erklärt, dass du jetzt ihr gehörst. Die Jugend von heute.«

Bianca schnaubte. Es klang verächtlich.

»Du beendest das, oder wir beide haben ein ernstes Problem«, sagte sie tonlos.

»Laura ist eine Praktikantin. Sie macht bei uns ihr Jahrespraktikum. Ich kann sie nicht einfach so abservieren.«

»Es ist mir egal, wie du es anstellst. Ich will, dass sie bis Ende der Woche ihre Stelle geräumt hat. Andernfalls sehe ich mich genötigt, den Plan meines verstorbenen Mannes umzusetzen und die Theaterförderung einzustellen. Quasi als seinen letzten Willen.«

»Bina, ich bitte dich, tu das nicht!«

»Du weißt, was du zu tun hast. Es ist ganz einfach.«

Bianca Mayer machte eine Pause. Hillenberger dachte bereits, sie würde auflegen, als sie noch eine Frage stellte: »Übrigens: Hast du ihn ermordet, Marek?«

Hillenberger legte auf.

Janosch von Hofen stand auf der Bühne und hielt den Monolog vor seiner Sterbeszene. Teresa Michl stand am Rand der Bühne. Eigentlich hätte sie vor der Tür stehen müssen, doch die Requisite war noch nicht fertiggestellt. Also stand sie einfach am Bühnenrand und umklammerte einen kleinen Handspiegel.

Janosch setzte gerade die Messerattrappe an seinen Hals und warf einen letzten hoffnungslosen Blick zur Tribüne, bevor er sich den Hals durchtrennte. Er ließ sich nach vorn fallen und blieb reglos am Boden liegen.

Von der Tribüne aus hörte er Applaus.

Hastig stand er auf und starrte in die Zuschauerränge. Wer zum Teufel applaudierte da?

Es war die Kommissarin. Sie hatte die Szene offenbar von der Tür aus verfolgt. Hillenberger, dessen konzentrierten Blick Janosch bis jetzt auf sich gespürt hatte, drehte sich um und zischte: »Stopp, hören Sie sofort auf!«

Kommissarin Stahl erstarrte mitten in der Bewegung.

»Bitte seien Sie ruhig und hören Sie verdammt noch mal auf, zu klatschen!«

Janosch sah, wie die Polizistin verwirrt zu Hillenberger ging.

»Es tut mir leid, ich wollte Sie bestimmt nicht stören. Bitte fahren Sie mit ihrer Probe fort.«

»Brauchen Sie mich jetzt?«, fragte Hillenberger.

»Nein, wir würden zunächst einmal mit den Schauspielern sprechen. Sofern Sie einen von ihnen entbehren können«, antwortete Kommissar Weiß, den Janosch erst jetzt bemerkte.

»Wie wäre es mit Frau Michl«, schlug die Polizistin vor.

Teresa hob den Kopf. Sie hatte einfach weiterhin den Spiegel umklammert.

»Frau Michl spielt die Frau des Kommissärs. Sie wird in dieser Szene leider gebraucht.«

»Ich könnte für sie einspringen«, sagte Samira.

»Wenn das für Sie in Ordnung wäre«, sagte Kommissarin zu Hillenberger.

»Also gut. Teresa steht sowieso die ganze Zeit nur hinter der Tür. Frau Reuter, übernehmen Sie. Herr von Hofen, bitte auf Anfang. Und bitte führen Sie den Schnitt noch entschlossener durch. Mit mehr Effet. Es darf kein Zweifel daran bestehen, dass der Freitod für Sie die einzige Wahl ist.«

Janosch ging wieder auf Position. Als Teresa an ihm vorbei ging und die Bühne verließ, dachte er für einen kurzen Moment wieder daran, wie sie vor zwei Tagen nach dem Polizeiverhör geweint hatte. Wie gerne würde er wieder durch die Damentoilette lauschen. Doch er konnte ja schlecht die Probe unterbrechen.

Teresa war verunsichert. Sie folgte den beiden Polizisten in die Gemeinschaftsgarderobe. Auf dem kurzen Weg dorthin, versuchte sie, ihre Gedanken zu ordnen. Hatte die Kommissarin irgendwem verraten, dass sie das Theater verlassen wollte? Sie selbst hatte es ja Janosch erzählt. Jetzt konnte sie nur hoffen, dass niemand den wahren Grund für ihren angestrebten Wechsel erfuhr.

»Wie fühlen Sie sich heute?«, fragte die Kommissarin. »Sie wirkten vorgestern ein wenig kränklich.«

»Ach das!« Teresa machte eine lässige Geste mit der Hand. »Das liegt am Stress. Es ist ziemlich anstrengend, Schauspielerin zu sein. Vor allem so kurz vor der Premiere eines Stücks. Und erst recht, wenn man zu Hause noch einen kleinen Sohn hat.«

»Sie haben vorgestern gesagt, dass Sie das Theater nach dieser Saison verlassen wollen. Was genau ist der Grund dafür? Der Stress? Ihr Sohn?«

Teresas Herz begann zu pochen. Sie wissen Bescheid, schoss es ihr durch den Kopf. Sie haben es sich zusammengereimt.

Und wenn zwei Polizisten, die sie kaum kannten, das konnten, konnte Janosch das schon lange.

»Wieso ich wechseln will?«

Sie versuchte Zeit zu gewinnen.

»Hauptsächlich der Wunsch, noch einmal was Neues zu wagen. Sie kennen das ja vermutlich auch. Früher einmal wollten Sie Polizistin werden. Und jetzt, wo sich Ihr Wunsch erfüllt hat, kommt Ihnen auf einmal der Gedanke, dass Sie das nicht bis an Ihr Lebensende machen wollen.«

»Und was genau wollen Sie machen?«, fragte die Polizistin, ohne weiter auf Teresas Erklärung einzugehen.

»Wie ich schon sagte, gehe ich vielleicht noch mal an die Uni, versuche mich als Lehrerin.«

»Und wieso haben Sie es so eilig? Wieso warten Sie nicht noch ein oder zwei Jahre, schnuppern erst einmal ins Lehrerdasein rein?«, fragte nun Kommissar Weiß. Er hatte bisher geschwiegen.

»Ich ... ich habe schon länger mit diesem Gedanken gespielt«, sagte Teresa.

»Und seit wann hat er sich verfestigt?«, fragte der Kommissar.

Teresa bemerkte, wie die beiden Polizisten Blicke austauschten. Ihr wurde klar, dass sie in die Zange genommen wurde. Die beiden wussten, weshalb sie die Schauspielerei ruhen lassen wollte.

»Seit ... ich weiß auch nicht so genau. Vielleicht seit einem Jahr.«

»Wie wäre es mit ein paar Monaten?«

Teresa fasste sich reflexartig an den Bauch. Um sie herum wurde es absolut still. Nur das Ticken einer Uhr und ihr eigener Herzschlag waren noch zu hören. Und – das jedenfalls bildete Teresa sich ein – ein zweiter Herzschlag mischte sich wie ein leises Echo in die Szenerie.

»Frau Michl, was verheimlichen Sie?«, fragte der Kommissar und beugte sich vor.

»Ich ...«, begann Teresa. Dann brachen bei ihr alle Dämme. Sie schlug die Hände vors Gesicht und weinte hemmungslos.

Die junge Kommissarin stand auf und setzte sich neben sie auf das Zweiersofa. Sie legte eine Hand auf Teresas Schulter.

Teresa schluchzte noch einmal. Dann sagte sie: »Ich bin jetzt in der zehnten Woche.«

»Sie sind schwanger?«, fragte die Kommissarin. Damit hatte sie wohl nicht gerechnet.

Teresa nickte nur.

»Aber das ist doch wunderbar!«, sagte die Polizistin.

Teresa schniefte. Die Polizistin zog eine Packung Papiertaschentücher aus ihrer Jackentasche und gab sie ihr.

»Haben Sie Frau Trumpfheller darüber informiert?«, fragte Kommissar Weiß.

Teresa schüttelte den Kopf.

»Ich weiß auch nicht, wie ich mir das alles vorgestellt habe. In nicht einmal fünf Wochen ist die Premiere. Und dann spielen wir zwei Monate ununterbrochen vier Abende die Woche. Und dann in drei Monaten beginnen die Proben für das nächste Stück. Mein Vertrag läuft noch zwei Jahre. Ich weiß nicht, ob ich das Herrn Hillenberger antun kann. Er legt doch alles in dieses Stück.«

Die Worte sprudelten nur so aus ihr heraus. Immer wieder wurde sie von Schluchzern unterbrochen.

»Wer ist der Vater?«, fragte der Kommissar, als sie geendet hatte.

Doch Teresa schüttelte nur den Kopf.

»Wissen Sie es nicht oder wollen Sie es nicht sagen?«, hakte er nach.

»Ich weiß, wer der Vater ist.«

»Ist es Daniel Werner?«

Teresa starrte den Kommissar fassungslos an. Dann lachte sie laut auf.

»Herr Werner? Sie glauben … Sie glauben, ich habe ihn getötet, weil er mich geschwängert und dann fallen gelassen hat wie eine heiße Kartoffel?«

Der Kommissar lächelte verlegen.

»Ich kann Ihnen versichern, dass Sie falschliegen. Herr Werner ist nicht der Vater meines Babys.«

Teresa stand auf.

»Kann ich jetzt gehen?«

Die junge Kommissarin nickte.

An der Tür blieb Teresa noch einmal stehen. Sie drehte sich um und fragte: »Kann ich mich darauf verlassen, dass Sie über meine Situation Stillschweigen wahren?«

»Wenn es sich vermeiden lässt, verlieren wir über Ihre Schwangerschaft kein Wort«, sagte die Kommissarin, bevor ihr Kollege etwas sagen konnte.

Teresa schenkte ihr ein dankbares Lächeln und verließ den Raum. Die Polizistin verstand sie. Sie war auch eine Frau. Sie würde schweigen. Zum Glück.

Janosch von Hofen sah, wie Teresa die Gemeinschaftsgarderobe verließ. Er war gerade auf dem Weg in seine Garderobe, um sich ein wenig auszuruhen. Die Proben ermüdeten ihn, da er ständig seine Konzentration hochhalten musste. Für die nächsten sechzig Minuten stand eine Szene im Wirtshaus auf dem Plan, an der er nicht mitwirkte. Es handelte sich um eine der neueren Szenen, die Hillenberger gemeinsam mit Batke und dieser Praktikantin verfasst hatte. Janosch vermutete, dass Marek Hillenberger es am Ende so drehen würde, als hätte er die Hauptarbeit geleistet, doch Janosch wusste um dessen geringe Fähigkeiten. Nicht umsonst nannten ihn manche hinter seinem Rücken »Marek Hilflosberger«.

Als er Hillenberger das erste Mal getroffen hatte –vor drei Jahren, als er ans Heigeltheater gekommen war –, war er sofort in die Universitätsbibliothek gegangen und hatte über seinen neuen Regisseur recherchiert. Dabei war er auf das einzige Drehbuch gestoßen, das dieser jemals verfasst hatte. Die Handlung war schon abstrus genug gewesen, doch die Sprache Hillenbergers hatte allem noch die Krone aufgesetzt. Für Janosch stand fest, dass Hillenberger nie in der Lage wäre, ein Drehbuch auf dem Niveau eines Ignatius Reichenbach zu schreiben.

Also erledigten wahrscheinlich Batke und Pracht die meiste Arbeit. Wobei Janosch vermutete, dass Laura Pracht noch andere Dinge erledigte.

Schon oft hatte Janosch sich die Frage gestellt, wieso er überhaupt hier am Theater blieb. Es wäre sicherlich unproblematisch, aus dem Vertrag auszusteigen. Er konnte ja immer noch an einem anderen Theater spielen. Doch konnte er das wirklich? War er so gut, wie alle immer dachten; wie er glaubte, dass alle immer dachten? War es nicht vielmehr so, dass er sich selbst belog? Sicher, er hatte in New York studiert. Doch wer tat das heute nicht?

Aber du hast in einem Tatort mitgespielt, rief er sich ins Gedächtnis.

Geschenkt. Wenn man es nüchtern betrachtete, hatte er seinen Zenit schon lange überschritten. Und dabei war er noch jung. Es wurde Zeit, dass er sich wieder fing. Diese eine Spielzeit noch am Heigeltheater, dann ab nach Berlin. Einmal noch groß angreifen, auferstehen aus Ruinen gewissermaßen. Doch als Nächstes musste er eine überragende Darstellung des Kommissärs liefern. Und irgendwie spürte er, dass er noch nicht richtig in diese Rolle hineingeschlüpft war.

Wer bin ich? Was mache ich hier? Wo komme ich her?

Janosch betrat seine Garderobe und legte sich auf das kleine Sofa. Er starrte die Decke an und versuchte, den Kopf freizubekommen. Meistens half es, wenn er im Kopf bis zehn zählte, wobei er jedes Mal wieder von vorne begann, wenn er an etwas anderes dachte als an die Zahlen. Janosch stellte sich die einzelnen Zahlen als Marmorstatuen vor, die in einem alten, weitläufigen Museum standen. Jede Zahl stand in einem Extraraum. Die Eins thronte auf ihrem Sockel und war umhüllt von einem schweren roten Samtvorhang. Janosch blieb lange vor der Eins stehen, bis er jedes Detail der Statue in sich aufgenommen hatte. Dann wandte er sich ab und ging weiter in den nächsten Raum. Er war gerade vor der Zwei angelangt, die in einer Glasvitrine aufbewahrt wurde, als es an der Tür klopfte. Das Museum verpuffte und Janosch starrte wieder das Weiß der Decke an.

Es klopfte erneut.

»Ja bitte?«, fragte Janosch.

Teresa öffnete die Tür und schob den Kopf herein.

»Du sollst nach nebenan zu den beiden Polizisten gehen«, sagte sie.

Hatte sie geweint? Janosch hätte schwören können, dass er verwischte Tränen in ihrem Gesicht sah.

»Okay. Danke für die Info«, sagte er. Dann schob er nach: »Geht es dir gut?«

Teresa lächelte.

»Ja.«

Sie schloss die Tür und er war wieder allein mit seinen Gedanken. Er überlegte kurz, ob er seinen Museumsrundgang fortsetzen oder lieber sofort zu den beiden Polizisten gehen sollte. Die beiden interessierten ihn. Schließlich spielte er in MORD OHNE SINN selbst einen Kommissar, der einen Mord aufzuklären hatte. Und von wem konnte er besser lernen als von zwei echten Profis?

Er entschied sich dafür, die Kommissare nicht warten zu lassen. Er stand auf und ging zur Tür. Als er nach der

Türklinke griff, traf es ihn wie ein Faustschlag. Vielleicht lag es an der Duftnote, die Teresas Parfüm während der zehn Sekunden hinterlassen hatte, die sie den Kopf zur Tür reingeschoben hatte, oder es lag einfach daran, dass ihm mit einem Mal klar wurde, wieso Teresa geweint hatte. Die Polizisten mussten sie bei ihrer Befragung in die Mangel genommen haben und dabei hatte sie ihnen von ihm erzählt. Hatte gebeichtet, was sich hier in seiner Garderobe abgespielt hatte. Wie lange war das jetzt her? Drei oder vier Monate vielleicht.

Janosch hatte sich nach der Probe – es war die allererste zu MORD OHNE SINN gewesen – in seine Garderobe zurückgezogen und war noch einmal seine Texte durchgegangen. Dazu hatte er ein Glas Rotwein getrunken, wobei er mehr an dem Wein genippt hatte, als dass er ihn trank. Samira hatte sich bereits verabschiedet. Sie war zu sich nach Hause gefahren, was bedeutete, dass er sie an diesem Abend nicht mehr sehen würde.

Es hatte an der Tür geklopft, genau wie vorhin. Es war Teresa gewesen, die ebenfalls ihr Textbuch dabeihatte. Ihre dunklen Haare hatten ihr Gesicht perfekt eingerahmt.

»Darf ich mich zu dir gesellen?«, hatte sie gefragt und Janosch hatte daran nichts auszusetzen gehabt. Vielmehr hatte es ihm in die Karten gespielt. So konnten sie noch einmal ihre gemeinsamen Texte durchgehen.

Es hatte nicht lange gedauert, bis Janosch gemerkt hatte, dass es Teresa gefiel, die Rolle seiner Frau zu spielen.

»Mein lieber Mann, gehe jetzt nicht mehr dort raus«, hatte sie gesagt und ihn dabei bitterernst angesehen. Janosch hatte erstaunt zurückgestarrt, bis sie schließlich in lautes Gelächter ausgebrochen waren.

Das letzte Mal hatte Janosch an Samira gedacht, als Teresa sich mit der Hand durch die Haare gefahren war. Danach hatte er nur noch Augen und Gedanken für Teresa. Er hatte einen großen Schluck Wein getrunken, doch es war ihm nicht gelungen, das Verlangen zu stillen, Teresa ebenfalls durchs Haar zu fahren. Und er hatte gewusst, dass er, wenn es ihm nicht gelang, seinen Kopf auszuschalten, früher oder später einen Rückzieher machen würde. Also hatte er weitergetrunken.

Teresa hatte ihre Rolle weiterhin großartig gespielt. Die besorgte Ehefrau, die ihren Mann daran hindern wollte, sich in Gefahr zu begeben. Irgendwann hatte sie ihrer Rolle immer neue Charakterzüge hinzugefügt. Die Ehefrau, die die körperliche Nähe zu ihrem Mann sucht, die einen starken Mann braucht, an den sie sich anlehnen kann. Janosch hatte sich auf das Spiel eingelassen und sich ein weiteres Glas Wein eingeschenkt. Teresa hatte ebenfalls das erste Glas getrunken. Sie war Janosch mit einem Male viel freier vorgekommen, als hätte sie eine Last abgeworfen.

Sie war nicht länger die alleinerziehende Mutter, die sich um ihren einzigen Sohn sorgen musste und einem Leben hinterhertrauerte, dass sie nie hatte leben können. Teresa war für diesen einen Augenblick Janoschs Frau. Die Frau des Kommissärs. Und er spielte dieses Spiel mit.

Nach dem zweiten Glas waren sie auf dem Sofa gelandet. Janosch hatte sein Hemd abgestreift und auch Teresa hatte begonnen sich auszuziehen. Sie hatten einander genossen. Ohne Sorge, jemand – Samira – könnte sie stören. Ohne schlechtes Gewissen. Sie waren nicht sie selbst gewesen. Sie hatten in ihren Rollen gesteckt. Und doch hatte Janosch gespürt, dass nicht nur der Kommissär nach seiner Frau gierte, sondern dass auch er Teresa Michl wollte. Es war am Ende viel zu schnell vorbei gewesen. Teresa war auf einmal sehr nervös gewesen, als hätte ein lautloser Wecker sie in die Realität zurückgeholt. Sie hatte sich hastig angezogen und die Garderobe verlassen. Janosch war auf dem Sofa liegengeblieben und hatte erst jetzt wieder an Samira gedacht. Sofort war er panisch geworden. Sie durfte hiervon nichts erfahren.

Jetzt stieg in Janosch eine ähnliche Panik auf. Was, wenn Teresa der Polizei von ihrem One-Night-Stand erzählt hatte? Streng genommen war es noch nicht einmal das gewesen, da es weder eine Nacht gedauert hatte noch Teresa geblieben war. Es war vielmehr ein glücklicher Unfall gewesen, der bis heute ihr Geheimnis geblieben war.

Janosch hoffte, dass es das weiterhin war. Er atmete noch einmal tief durch und verließ dann seine Garderobe. Von vorne hörte er, wie Hillenberger Regieanweisungen gab. Sie waren immer noch mit der Wirtshausszene beschäftigt. Janosch ging nach nebenan zur Gemeinschaftskabine. Er klopfte an und trat ein.

»Guten Tag, Herr von Hofen. Schön, dass Sie es einrichten konnten«, begrüßte ihn Kommissarin Amelie Stahl.

»Setzen Sie sich doch bitte«, sagte der Kommissar, den Janosch jetzt das erste Mal aus der Nähe sah.

»Wie kann ich Ihnen helfen?«, fragte Janosch, nachdem er auf dem kleinen Sofa Platz genommen hatte.

»Wir haben einige Fragen zu Ihrer Rolle, Herr von Hofen«, begann Kommissarin Stahl.

Janosch atmete tief ein und zählte langsam bis drei. Er war ruhig. Niemand würde ihn nach Teresa fragen. Und selbst wenn, konnte er immer noch darauf bestehen, dass die beiden Kommissare gegenüber Samira kein Wort darüber verloren.

»Was genau hat meine Theaterrolle mit Ihrem Fall zu tun?«, fragte er.

»Das werde Sie gleich sehen.«

»Sie nehmen sich in dem Stück das Leben?«, fragte Kommissar Weiß. »Können Sie uns kurz beschreiben, wie das vonstattengeht?«

Janosch zuckte mit den Schultern.

»Ich dachte, ich hätte es Ihrer Kollegin schon erzählt. Aber bitte schön, ich kann es auch noch mal erklären. Ich komme auf die Bühne gestürmt, in meine Stube im Wirtshaus. Ich verriegle die Tür und sinke vor ihr zu Boden. Meine Frau klopft wie wild an die Tür. Ich stehe auf und reiße alle Schubladen der kleinen Kommode auf. In der letzten finde ich das Messer. Ich gehe damit zum Bühnenrand und halte meinen Monolog. Wenn Sie wollen, kann ich Ihnen gleich hier eine Vorführung geben.«

Die Kommissarin schüttelte den Kopf.

»Das wird nicht nötig sein.«

»Also gut. Ich halte meinen Monolog, sinke auf die Knie und halte mir das Messer an den Hals. Dann schneide ich mir die Kehle durch. Mit viel Entschlossenheit, wie Herr Hillenberger gerne fordert. Blut fließt und ich falle tot um. Der Vorhang fällt. Applaus.«

»Sehr eindrucksvoll«, sagte der Kommissar.

»Aber was hat mein Theatertod mit Herrn Werners Tod zu tun?«

»Nun, wie Sie ja wissen, starb Daniel Werner sozusagen an den Folgen einer Schädelverletzung. Diese wurde ihm mithilfe eines Messers zugefügt. Ansonsten war er kerngesund, nur leicht übergewichtig. Eine ganz gewöhnliche Leiche, könnte man meinen. Doch das Problem ist nicht die Leiche, sondern das Messer«, schloss Kommissar Weiß seinen Vortrag.

Janosch hielt die Luft an. Er ahnte, was jetzt kommen

würde. Die Kommissarin klappte ihr iPad auf und zeigte Janosch das Foto der Tatwaffe. Er zuckte kurz zusammen und hoffte, damit eine angemessene Reaktion gezeigt zu haben.

»Kommt die Ihnen bekannt vor?«, fragte der Kommissar.

Janosch schluckte und schwieg.

»Das ist die Mordwaffe?«, fragte er schließlich.

Kommissarin Stahl nickte. Sie sah ihm in die Augen. Janosch starrte geradeaus. Er durfte jetzt keine Regung zeigen.

»Man könnte sagen, dass sie meinem Theatermesser aufs Haar gleicht.«

»Sozusagen«, sagte der Kommissar.

»Wir haben die Messer verglichen. Sie sind exakt gleich groß und beinahe gleich schwer. Selbst die Furchen im Griff und die Rostflecken auf der Klinge sind identisch. Man könnte – sieht man von der stumpfen Klinge Ihres Messers einmal ab – von Zwillingen sprechen.«

»Ich verstehe das nicht«, sagte Janosch.

»Da sind wir schon zu dritt«, sagte Kommissar Weiß. »Wir hatten gehofft, Sie könnten etwas Licht ins Dunkel bringen. Handelt es sich bei der Mordwaffe vielleicht um eine Art Reservewaffe, die gekauft wurde, falls Ihr Messer verloren geht?«

Janosch zuckte mit den Schultern.

»Da bin ich überfragt. Da müssen Sie sich an Herr Hillenberger wenden.«

»Das steht ganz oben auch unserer Liste.«

»Können Sie uns sagen, wer für die Anschaffungen solcher Requisiten verantwortlich ist?«

»So etwas wie einen Requisiteur haben wir hier nicht. Dafür ist das Heigeltheater zu klein. Die Bühnenrequisiten werden von unserem Bühnenbauer Samuel Großmann angefertigt. Die Kostüme stellt Frau Hartmann her. Sie ist eine Schneiderin, die unsere Managerin an Land gezogen hat. Die anderen Requisiten kaufen Hillenberger und Batke, unsere Dramaturgin, auf verschiedenen Märkten. Je nach Stück braucht man eher alte Sachen wie Lampen oder Bilder oder eben ein Messer, oder auch mal ganz abgefahrene Sachen.«

»Danke. Mit dieser Info haben Sie uns sehr geholfen«, sagte Kommissarin Stahl

»Kann ich dann jetzt gehen? Ich hätte gerne noch etwas von meiner Pause.«

»Na klar. Gehen Sie.«

Janosch stand auf und verließ die Garderobe. Er hatte Glück gehabt. Sie hatten keine Frage zu ihm und Teresa gestellt. Weshalb hatte Teresa dann geweint?

Janosch hastete auf die Damentoilette. Er schloss hinter sich ab und lehnte sich mit dem Ohr an die Wand.

»Was hast du?«, fragte der Kommissar gerade.

»Irgendwas verschweigt uns dieser von Hofen. Er war nervös. Möglicherweise weiß er doch mehr über die Waffe, als er uns sagen wollte.«

»Das werden wir schon noch herausfinden. Ich unterhalte mich jetzt erst mal mit dieser Frau Batke. Wir müssen wissen, woher das Theatermesser stammt. Wer hat es gekauft und wo wurde es gekauft?«

»Ist gut. Ich mache dann hier unten weiter«, sagte die Kommissarin.

Janosch hörte noch, wie die beiden die Garderobe verließen. Er wartete noch einen Moment, dann ging er Richtung Bühne. Als er an der Gemeinschaftsgarderobe vorbeikam, blieb er stehen. Die Tür zur Garderobe war nur angelehnt.

Deutlich hörte Janosch die Stimme des Kommissars. Doch es war nicht Katherina Batke, mit der er sich unterhielt, sondern Samira.

»In welcher Beziehung stehen Sie zu Ihrem Theaterkollegen Janosch von Hofen?«, fragte der Kommissar.

»Er ist mein Freund.«

»Sie wohnen mit ihm zusammen?«

»Das nicht. In der Beziehung ist Janosch etwas eigen. Er bekommt schnell kalte Füße. Aber wir sind seit über einem Jahr ein Paar.«

Janosch ärgerte sich über Samiras Aussage. Sie war es doch, die an dem Hof ihrer Eltern hing wie ein kleines Kind an seiner Spielzeugpuppe. Wenn es nach ihm gegangen wäre, hätten sie sich schon vor einem halben Jahr eine gemeinsame Wohnung hier in München gesucht.

»Was können Sie mir über ihn erzählen?«

»Verdächtigen Sie ihn etwa?«`, fragte Samira entsetzt.

»Nein, nein«, sagte der Kommissar schnell. »Wir machen uns nur von allem und jedem ein Bild. Und so wie es aussieht, hat seine Rolle irgendwas mit dem Mord zu tun.«

Jetzt wurde es interessant für Janosch. Er blickte den Flur herunter. Niemand sonst war zu sehen. Langsam trat er noch näher an die Garderobentür heran. Sollte ihn jemand zur Rede stellen, konnte er immer noch so tun, als würde er die Garderobe gerade betreten oder verlassen.

»Muss ich denn aussagen?«, fragte Samira.

»Da Sie seine Lebensgefährtin sind, können Sie die Aussagen natürlich verweigern. Aber ich versichere Ihnen, dass wir Ihren Freund zum jetzigen Zeitpunkt nicht verdächtigen.«

Stille. Schließlich schob der Kommissar nach: »Wie arbeitet er denn als Schauspieler?«

»Wie meinen Sie das?«

»Nun, ich frage das deshalb, weil er ein ausgezeichneter Schauspieler zu sein scheint. Immerhin spielt er die Hauptrolle. Wie geht er an seine Rollen ran?«

»Was hat das mit Ihren Ermittlungen zu tun?«

Das wüsste ich auch gerne, dachte Janosch.

»Das werden Sie gleich verstehen«, wich der Kommissar aus.

»Okay. Also er spielt seine Rollen nicht nur, er identifiziert sich geradezu mit ihnen. Er wird regelrecht zu seinen Rollen.«

»Wie kann ich mir das vorstellen?«

»Er hat zum Beispiel mal für die Rolle des Möbius in Dürrenmatts DIE PHYSIKER einen ganzen Monat im Bett verbracht und sich nur von Pizza ernährt und dabei die ganze Zeit laut Schlagermusik gehört. Danach wirkte er tatsächlich leicht irre. Oder nehmen Sie seine Rolle als Kommissar. Janosch ist mit Leib und Seele Teetrinker. Doch für diese Rolle hat er es sich angewöhnt, Unmengen an Kaffee zu trinken, den er zu Hause in einer alten gusseisernen Kanne zubereitet.«

»Danke, Sie haben mir sehr geholfen«, sagte der Kommissar.

Janosch wandte sich schnell von der Tür ab und ging Richtung Bühne.

Marek Hillenberger saß von allen verlassen auf der Bühne. Er hatte noch drei Durchläufe der Szene geprobt, dann hatte Janosch von Hofen sich in seine Garderobe verzogen und sie hatte noch eine weitere Szene geprobt. Doch irgendwann hatte selbst Hillenberger eingesehen, dass die Schauspieler eine Pause brauchten.

Jetzt saß er auf der Bühne und starrte in den Zuschauerraum. In etwas mehr als einem Monat würden dort Massen an Leuten sitzen und erwartungsvoll auf das warten, was sie gerade einstudierten.

Wir werden ihm nicht gerecht. Wir werden Reichenbach nicht gerecht. Er wurde von einer Frauenstimme aus seinen Gedanken gerissen: »Herr Hillenberger, gut, dass ich Sie hier treffe.

Es war die junge Polizistin.

»O, Frau Kommissarin, was kann ich für Sie tun?«

»Wir haben eine Frage zu einer Ihrer Requisiten.«

Hillenberger nickte.

Die Polizistin klappte ihr iPad auf.

»Es geht um das Messer, mit dem sich Herr von Hofen am Ende des Stücks umbringt.«

»Was ist damit?«, fragte Hillenberger.

»Wir müssen diese Waffe konfiszieren. Ich war gestern noch mal hier und habe mir alles von Ihrem Gebäudetechniker zeigen lassen.«

»Sie müssen was?«, fragte Hillenberger.

»Wir müssen die Theaterwaffe konfiszieren, um sie zu untersuchen. Es gibt nämlich erstaunliche Ähnlichkeiten zu dem Messer, mit dem Daniel Werner erstochen wurde.«

»Ich verstehe. Und wie kann ich Ihnen jetzt weiterhelfen?«

»Zunächst einmal könnten Sie mir das Messer aushändigen. Und dann können Sie mir noch sagen, was das in Ihren Augen zu bedeuten hat.«, sagte Kommissarin Stahl.

»Was? Der Umstand, dass jemand ein Messer verwendet hat, das unserer Requisite ähnlichsieht?«

»Die beiden Messer sind nahezu identisch.«

»Hm. Das ist in der Tat eine merkwürdige Angelegenheit.«

»Was glauben Sie, hat das zu bedeuten?«

»Vielleicht eine Drohung oder eine Botschaft. Möglicherweise will jemand dem Theater schaden. Ich schätze, ich bin da überfragt.«

»Die Frage ist auch, wieso der Mörder das Messer nicht einfach wieder mitgenommen hat. War er zu nervös oder hat er erst, als er schon wieder draußen war, bemerkt, dass er das Messer vergessen hat?«, fragte die Polizistin. »Oder wollte er, dass man es findet? Wusste er vielleicht vom Theatermesser? Und wieso sollte es dem Theater schaden, wenn die Mordwaffe der Theaterwaffe so stark ähnelt?«.

»Keine Ahnung. Aber sind das nicht alles Fragen, die Sie und Ihr Kollege beantworten müssen?«

»Natürlich. Und das werden wir auch.«

»Und ich muss wohl eine neue Theaterwaffe kaufen. Es wäre schließlich pietätlos, sich viermal die Woche die Kehle mit einem Messer aufzuschlitzen, das einer tatsächlichen Mordwaffe ähnelt.«

Die Polizistin nickte nur.

»Wo haben Sie das Messer her?«, fragte sie.

»Das hat Katherina – Frau Batke – gekauft. Sie ist unsere Dramaturgin. Wollen Sie sie fragen?«

»Nein, das macht mein Kollege bereits.«

»Wollen Sie vielleicht mitkommen? Dann können wir einen Kaffee trinken.«

Die Kommissarin schien von seiner Frage überrascht, aber sie bejahte. Hatte er sie doch noch aus dem Konzept bringen können.

Sie setzten sich in die kleine Küche, die normalerweise von den Schauspielern genutzt wurde, um sich an einem langen Tag ein Essen in der Mikrowelle zuzubereiten. Doch jetzt war die Küche verwaist.

Langsam wird es unheimlich, dachte Hillenberger. Es wirkt fast, als sei das Theater von allen verlassen.

»Wie trinken Sie ihn?«, fragte er die Polizistin.

»Milch und Zucker.«

Hillenberger schenkte eine Tasse ein.

»Ich rate zu viel Milch. Der Kaffee ist schon etwas älter.«

Die Kommissarin goss zwei Päckchen in den Kaffee und verrührte zwei Löffel Zucker.

»Mich quälen momentan noch zwei Fragen. Die eine betrifft Sie.«

»Dann mal raus damit«, sagte Hillenberger.

»Später. Zunächst einmal habe ich eine Frage zum Tatort. Manchmal ist es möglich, Rückschlüsse auf den Täter zu ziehen. Wenn zum Beispiel eine Leiche besonders positioniert wird oder der Tatort durchsucht worden ist oder dort irgendwelche Utensilien drapiert worden sind.«

»Und welche Frage haben Sie diesbezüglich an mich?«

»Was wurde in Ihrem Büro verändert?«, fragte die Polizistin und sah Hillenberger an.

Er überlegte einen Moment. Dann schüttelte er den Kopf.

»Nichts. Es wurde nichts gestohlen und Möbel wurden auch keine verrückt. Eigentlich sieht es dort aus wie immer.«

Die Polizistin sah ihn an. Sie wirkte enttäuscht. Dann fragte sie: »Was hat Daniel Werner in Ihrem Büro gemacht?«

»Wie ich Ihnen bereits sagte, waren wir dort verabredet. Doch er kam nicht. Zumindest nicht zum vereinbarten Zeitpunkt. Ich habe fast eine Stunde auf ihn gewartet.«

»Wieso haben Sie ihn nicht angerufen?«

Hillenberger zuckte nur mit den Achseln.

»Ich schätze, ich war einfach müde.«

»Aber ging es für Sie nicht um die Existenz des Theaters?«

Hillenberger setzte ein – wie er hoffte – mildes Lächeln auf.

»Ich dachte, ich hätte es Ihnen bereits erklärt. Es war alles ein einziger Schwindel. In Wahrheit ging es immer nur darum, Frau Trumpfheller zu ersetzen.«

»Leider hat Ihre Kollegin diese Version der Geschichte nicht bestätigt.«

»Sie wusste von nichts. Wir hatten beschlossen, alles bis zum Schluss geheim zu halten. Sie sagten eben, Sie hätten noch eine Frage.«

Hillenberger hoffte, dass die Polizistin sich darauf einließ und das Thema wechselte.

»O ja, richtig«, sagte die Kommissarin. »Wie kam Ihr ‚Partner in Crime‘ Herr Werner eigentlich damit klar, dass Sie eine Affäre mit seiner Exfrau hatten?«

Hillenberger spürte, wie seine Miene versteinerte, jeoch nur für einen Augenblick. Hatte die Kommissarin es bemerkt? Schnell setzte er wieder ein unverbindliches Lächeln auf.

»Ich weiß nicht, was Sie meinen.«

Die Polizistin zückte ihr Smartphone.

»Sie haben gleich mehrfach mit Frau Bianca Mayer telefoniert.«

Hillenberger erinnerte sich an sein letztes Gespräch mit Bina. Er musste bei ihrer Version der Geschichte bleiben.

»Sie hat das Theater beraten.«

Die Kommissarin hob eine Augenbraue.

»Nachts?«

Hillenberger spürte, dass er anfing, zu schwitzen.

»Wie meinen Sie?«, fragte er.

»Wir haben Ihre Telefonate ausgewertet. Welche Ratschläge wollte Sie nachts um halb drei von Frau Mayer einholen?«

»Das …«

»Und wieso haben Sie sie von Ihrem Privatanschluss angerufen?«

»Ich …«, begann Hillenberger. Dann gab er auf.

»Sie haben recht. Da war mal was.«

Die Kommissarin fixierte ihn mit ihrem kühlen Blick.

»Doch das liegt schon einige Zeit zurück.«

»Wie lange?«

»Es ist vorbei«, sagte Hillenberger.

»Wusste Herr Werner davon?«

Hillenberger schüttelte den Kopf.

»Sind Sie sich da sicher?«

»Absolut«, sagte Hillenberger. »Absolut.«

Als die Kommissarin endlich ging, konnten sie die Probe fortsetzen. Zum Glück hatte die Vernehmung nicht länger als die ohnehin beraumte Pause gedauert. Auf der Bühne vernahm Janosch einmal mehr Oskar Steidle. Seine Stimme donnerte und Hillenberger ertappte sich dabei, wie er leicht zusammenzuckte, als Janosch mit der Faust auf den Holztisch schlug. Er spielte fantastisch. Seine Performance würde das Stück auf ein ganz neues Level heben, dessen war Hillenberger sich sicher. Jetzt hatte er nur noch zwei Probleme zu lösen: Er musste die Sache mit Laura Pracht beenden, um Bina nicht zu verstimmen, und er musste sich eine gute Ausrede einfallen lassen, falls die Polizei herausfand, dass er das zweite Messer gekauft hatte.

Am späten Nachmittag parkte Hillenberger mit seinem Auto vor dem Studentenwohnheim. Er war noch nie hier gewesen, da er befürchtet hatte, dass dann seine Affäre mit Laura Pracht ans Licht käme. Er nahm sein Smartphone und wählte ihre Nummer.

»Ja?«, meldete sie sich.

»Hallo Laura, ich bin's. Hast du kurz Zeit?«

»Ich muss gleich los. Was willst du?«

»Komm doch runter. Dann sage ich es dir.«

»Du bist am Wohnheim?«

»Ich sitze in meinem Wagen.«

»Gib mir fünf Minuten.«

Hillenberger legte auf. Er blickte auf den Briefumschlag, der auf der Rückbank lag. Er hatte ein Schriftstück aufgesetzt, in dem das Heigeltheater der Universität mitteilte, dass die Studentin Laura Pracht ihr Praktikum leider nicht bei ihnen würde fortsetzen können. Als Begründung hatte er die finanzielle Situation des Theaters aufgeführt. Man könne der Studentin nicht garantieren, dass sie ihr Praktikum über den geplanten Zeitraum würde fortsetzen können. Hillenberger hoffte, dass er ihr den Brief nicht geben musste, sondern dass Laura auch so verstand, dass sie ihr Praktikum nicht am Heigeltheater fortsetzen konnte.

Die Tür seines Mercedes wurde geöffnet. Laura glitt in den Wagen.

»Hallo Marek, was treibt dich zu mir? Hältst du es ohne mich nicht mehr aus?«

Sie beugte sich zu ihm und küsste ihn.

»Willst du dich endlich für neulich entschuldigen?«

Widerwillig küsste Hillenberger sie zurück. Dann schüttelte er den Kopf.

»Das ist es nicht. Es ist …«

»Was? Sag schon.«

Er musste es schaffen, sie jetzt zu überzeugen. Wenn es ihm gelang, dass sie die Beziehung beendete, hatte er gewonnen.

»Ich denke nicht, dass ich dieses Spiel noch weitertreiben kann. Ich denke, es ist an der Zeit, es zu beenden.«

Laura starrte ihn perplex an.

»Was soll das?«

»Laura, ich kann das zurzeit nicht. Ich kann mich nicht auf das Stück, das ganze Chaos im Theater und dich konzentrieren. Ich halte es für das Beste, wenn wir erst mal eine Pause einlegen.«

»Du jämmerliches Arschloch. War das ihre Idee, oder ist das auf deinem Mist gewachsen?«

»Ich weiß nicht, was du meinst.«

»Fick dich doch! Du weißt genau, wen ich meine. Glaubst du allen Ernstes, ich warte, bis der werte Herr wieder Zeit für mich findet? Du kannst mich mal am Arsch lecken. Und meine Zahnbürste kannst du getrost in den Müll werfen. Ich brauche sie nicht mehr.«

Hillenbergers Herz pochte in seiner Brust. Es lief besser, als er erhofft hatte.

»Laura, es tut mir leid, aber ich kann dir nur anbieten, dass ich auf dich warte.«

»Du kannst mich mal am Arsch lecken. Ich hoffe, ich sehe dich nie wieder.«

Laura hatte die Tür schon geöffnet und stieg aus dem Wagen.

»Was ist wegen des Praktikums?«

»Leck mich. Ihr könnt euer Scheißdrehbuch allein fertigschreiben.«

Sie drehte sich um und warf die Tür zu. Hillenberger lächelte sein Spiegelbild im Rückspiegel an. Es war besser gelaufen, als er erwartet hatte. Er blieb noch einen Moment vor dem Gebäude stehen, dann startete er den Wagen und fuhr davon.

Janosch stieg aus dem Taxi, ging über den Vorplatz und betrat das Polizeigebäude. Drinnen nannte er am Empfang sein Anliegen. Die Polizistin hinter der dicken Glasscheibe bat ihn, einen Augenblick zu warten. Er setzte sich auf einen Stuhl. Er kam sich ein wenig vor wie im Wartezimmer seines Zahnarztes. Mehrere Uniformierte betraten oder verließen das Gebäude. Nach etwa fünf Minuten kam Kommissarin Amelie Stahl die Treppe herunter.

»Guten Abend Herr von Hofen. Vielen Dank, dass Sie noch gekommen sind.«

»Gerne«, sagte er und reichte ihr die Hand.

Sie gingen den Flur entlang zum Büro der Kommissarin.

»Aber weshalb haben Sie mich noch einmal kommen lassen?«

»Wir wollten uns noch einmal mit Ihnen unterhalten.«

»Uns interessiert Ihre Einschätzung Ihrer Kollegen.«

Janosch sah ein wenig enttäuscht zu Kommissar Weiß, der an seinem Schreibtisch hockte. Er hatte gehofft, mit der Kommissarin allein zu sein.

»Was halten Sie zum Beispiel von Teresa Michl?«

Janosch zuckte zusammen. Hatten sie es also doch herausgefunden?

»Sie ist eine kompetente Schauspielerin. Soweit ich weiß, strebt sie an, in die Lehre zu gehen.«

»Hat sie Ihnen das gesagt?«

»Sie hat Andeutungen gemacht, dass Sie sich vielleicht an einer Schauspielschule als Lehrerin bewirbt. Ich habe ihr gesagt, dass sie dafür erst noch mal an die Universität gehen müsse. Sie hat gesagt, das mache ihr nichts aus.«

»Darf ich Ihnen einen Kaffee anbieten?«, fragte der Kommissar plötzlich.

»Danke, gerne.«

»Von Ihrer Lebensgefährtin wissen wir, dass Sie eigentlich Teetrinker sind, aber für Ihre Rolle auf Kaffee umgestiegen sind.«

»Hat Samira das erzählt?«, fragte Janosch und lächelte. »Es stimmt schon. Ich bereite mich manchmal etwas zu akribisch auf eine Rolle vor. Ich übertreibe es sozusagen.«

Kommissar Weiß stellte Janosch eine Tasse Kaffee hin.

»Hätten Sie vielleicht etwas Milch?«, fragte der.

»Selbstverständlich«, sagte Stahl.

Janosch nahm die Kaffeesahne und goss sie in den schwarzen Kaffee. In dem Moment, in dem sich die Milch mit dem Kaffee vermischte, erstarrte er. Seine Augen weiteten sich. Die Kaffeesahnepackung fiel ihm aus der Hand und landete auf der Untertasse.

Vor seinem Auge sah er – wie das Negativ eines alten Filmes – den Kaffee als weiße Brühe in seiner Tasse, in die die Milch wie eine tiefschwarze Tinte hineintropfte. Sie durchzog den weißen Kaffee mit ihren schwarzen Fäden und bildete Wolken, die schließlich alles schwarz färbten. Wie ein giftiger Pilz, der einen unschuldigen Menschen vereinnahmt.

»Geht es Ihnen nicht gut?«, fragte die Kommissarin und riss ihn aus seinen Gedanken.

Janosch schüttelte das Bild weg. Jetzt war der Kaffee wieder schwarz. Die Milch hatte ihm einen hellbraunen Teint verpasst.

»Es geht schon. Ich war nur nicht ganz bei der Sache. Die Proben sind doch kräftezehrender, als man glaubt.«

»Wollen Sie vielleicht noch ein Stück Zucker in Ihren Kaffee? Das gibt Energie«, sagte Kommissar Weiß.

»Nein, danke. Dann kann ich heute Abend ja gar nicht mehr schlafen.«

Janosch verrührte die Milch mit einem Löffel.

»Was genau wollen Sie noch von mir wissen?«

»Kennen Sie die Exfrau des Verstorbenen?«

»Bianca?«

»Ja, Bianca Mayer. Woher kennen Sie sie?«

»Sie war ein paar Mal im Theater. Vielleicht drei- oder viermal.«

»Wie kommt es, dass Sie sie beim Vornamen nennen?«

Janosch überlegte einen Moment.

»Herr Hillenberger hat sie einmal so genannt. Ich habe den Namen einfach aufgeschnappt.«

»Aber wieso haben Sie sie jetzt beim Vornamen genannt?«

Janosch lächelte.

»Entschuldigen Sie bitte. Das ist so eine Nebenwirkung meiner Schauspielerei. Kommissär Matheo Rathen hat die Angewohnheit, seine Mitmenschen nur mit Vornamen anzureden. Ich stecke wohl noch so in der Rolle drin, dass es mir nicht aufgefallen ist.«

»Verstehe«, sagte die Polizistin. »Wenn ich es mir recht überlege, haben Sie auch schon die ein oder andere Marotte meines Kollegen übernommen.«

»Ist das so?«, fragte Janosch und fuhr sich mit der Hand durch die Haare.

»Wissen Sie, was ich mich die ganze Zeit über frage?«, sagte Kommissar Weiß. »Was ist, wenn Sie die ganze Zeit gewusst haben, dass Werner den Laden dichtmachen wollte und sie sozusagen keinen anderen Ausweg mehr gesehen haben, als ihn abzumurksen?«

»Das meinen Sie doch wohl nicht ernst«, entfuhr es Janosch.

»Alle reden immer davon, dass Sie der Star des Theaters sind. Doch ist das wirklich so?«, fragte der Kommissar.

»Hätten Sie so schnell wieder eine Stelle bekommen, wenn das Heigeltheater erst einmal dichtgemacht hätte?«

»Sie wollen mir doch wohl keinen Mord anhängen, oder?«

»Ich will Ihnen etwas zeigen«, sagte der Kommissar.

Seine Kollegin sah erstaunt aus. Janosch wurde klar, dass das Folgende nicht abgesprochen war.

»Würden Sie bitte kurz die Augen schließen«, bat der Kommissar.

Eigentlich wollte Janosch nur noch nach Hause. Widerwillig schloss er die Augen.

»Ich gebe Ihnen nun etwas in die Hand und Sie sagen mir, was es ist.«

Janosch fühlte einen kühlen Holzgriff in der Hand, der ihm sofort bekannt vorkam.

»Das ist das Küchenmesser, mit dem ich mir im Stück den Hals aufschlitze.«

»Falsch«, sagte der Kommissar. »Sie können die Augen jetzt wieder öffnen.«

Janosch sah auf das Messer in seiner Hand. Es war die Tatwaffe, das erkannte er jetzt.

Und doch war es seine Theaterwaffe gewesen, die er in der Hand gehalten hatte. Er hatte die Szene mittlerweile so oft geprobt, dass er das Küchenmesser unter hunderten erkannt hätte.

»Das ist seltsam. Ich hätte schwören können …«

»Sie gleichen sich wie Zwillinge – sieht man mal von der stumpfen Klinge Ihres Messers ab«, sagte der Kommissar.

»Was denken Sie, was das bedeutet?«, fragte Kommissarin Stahl.

Janosch schüttelte den Kopf.

»Keine Ahnung. Ehrlich.«

»Dann wären wir wohl zu dritt«, sagte der Kommissar.

Marek Hillenberger stand in seiner Wohnung. Er betrachtete das Bild an der Wand. Es hatte ihm immer etwas gegeben und erst in der Nacht des Mordes hatte er erkannt, was es war. Doch nun fühlte er sich unwürdig. Er trug das Theater nicht, war ihm nicht die Stütze, wie er es sich immer vorgestellt hatte. Er hatte in seinem Leben noch nichts von Wert erschaffen. Nichts Bleibendes, nur vergängliches Theater. Stücke, die nicht nachhallten, die in dem Moment bereits vergessen waren, da der letzte Vorhang fiel. Es war an der Zeit, dass sich das änderte.

Beinahe hätte er es geschafft, MORD OHNE SINN zu einem unvergänglichen Werk zu machen. Doch dann war Werner aufgetaucht und hatte alles zunichtegemacht, seine monatelange Suche und Arbeit ausgelöscht. Jetzt musste er von neuem beginnen.

Immer wieder sagte er sich sein Mantra auf: »Das Theater nährt mich und ich stütze es!« Mit jedem Mal glaubte er wieder etwas mehr, dass er es doch noch zur Unvergänglichkeit schaffen könnte.

Janosch von Hofen kam gerade zur Tür rein, als sein Smartphone vibrierte. Es war Samira. Eigentlich hatte er jetzt keine Lust auf irgendwelche Gespräche – auch nicht mit seiner Freundin. Er musste erst einmal runterkommen und den Kopf freikriegen. Dennoch nahm er den Anruf an.

»Hallo Schatz«, meldete er sich, knipste das Licht ein und hängte seine Jacke an der Garderobe auf.

»Hallo Janosch.«

»Was gibt's?«, fragte er.

»Warst du bei der Polizei?«, fragte Samira zurück.

»Ja.«

»Was wollten die?«

»Sie haben mich was zur Exfrau vom Werner gefragt.«

Stille.

»Weshalb rufst du an?«

»Mich haben sie heute auch noch mal befragt. Sie haben nach dir gefragt.«

Wieder Stille.

»Und was wollten sie wissen?«, fragte Janosch.

»Sie haben angedeutet, du könntest eine Affäre haben.«

Stille. Janoschs Herz raste. Seine Lippen wurden trocken.

»Hast du?«

»Was?«

»Eine Affäre.«

»Nein.«

Wieder Stille. Janosch dachte fieberhaft nach. War das ein Test? Wusste Samira von ihm und Teresa?

»Na, ich würde es ja bestimmt auch merken«, sagte Samira. »Wahrscheinlich bin ich gerade nur durcheinander. Der Mord und das Stück und Hillenberger, der sich so seltsam verhält. Ich sollte einfach mal wieder eine Nacht durchschlafen.«

»Willst du herkommen?«, fragte Janosch und hoffe, dass sie ablehnte.

»Nein. Ich sagte doch, ich muss mal wieder eine Nacht durchschlafen.«

»Wir könnten über all das reden«, schlug er vor.

»Über was genau?«

»Na, über Hillenberger, den Mord, das Stück. Ich könnte von dem Verhör auf der Polizeiwache erzählen.«

Janosch wollte eigentlich nicht reden, aber er sah sich gezwungen, wenigstens diesen Anschein zu erwecken. Er wollte sich nur noch auf sein Sofa setzen, die Stille genießen und über alles nachdenken. Vor allem über das Messer.

»Ich denke, ich bleibe heute Abend zu Hause«, sagte Samira.

»Okay«, sagte er nur. »Dann mach's gut, mein armes Fräulein.«

»Du Blödmann«, sagte Samira lachend und legte auf.

Erst jetzt wurde Janosch klar, dass er Samira mit ihrer Rollenbezeichnung angesprochen hatte. Er musste über sich selbst lachen. Er legte sein Smartphone auf das Schuhregal im Flur. Dann ging er ins Wohnzimmer und goss sich ein Glas Wein ein. Der Kaffee und die beiden Verhöre – das im Präsidium und das gerade eben am Telefon – hatten ihn aufgeputscht. Er musste zur Ruhe kommen. Er legte sich auf das Sofa und starrte die Decke an.

Er hatte schon im Polizeipräsidium gemerkt, wie schwer es ihm fiel, wieder aus seiner Rolle herauszuschlüpfen. Es war schon öfter passiert, besonders bei Rollen, mit denen er sich am Anfang überhaupt nicht hatte identifizieren können. Er steigerte sich immer weiter in die Rollen hinein, bis sie ihn nicht mehr losließen. Bis er mit ihnen verschmolz.

Bis sie wie ein schwarzer Pilz seine Gedanken befallen hatten.

Janosch setzte sich auf und schob seine wirren Gedanken zur Seite. Er dachte an seine Rolle. Was zeichnete Kommissär Matheo aus? Was trieb ihn an? Natürlich sein Pflichtbewusstsein. Seine Sorge um seine Frau. Sein Mitleid, wenn er an die Toten dachte. Doch wieso sollte der Kommissär sich das Leben nehmen? Die Antwort, die das Stück gab, war offensichtlich: Aus Angst, er könne seine Frau töten. Doch da musste noch mehr sein. Janosch musste tiefer graben. Er hörte in sich hinein.

Was er fand, waren Panik, Schuldgefühle und Versagen.

Inspiration

»Was kann ich denn dafür, dass dir nichts mehr einfällt?«, schreit Laurianne die Treppe herunter.

Ignatius geht im Wohnzimmer auf und ab und sagt immer wieder: »Die werte Frau hat es natürlich einfach. Sie muss nur ein paar dusselige Bilder malen und diese dann an ihre Kunden verkaufen. Du verstehst schlicht nicht, was es bedeutet, wenn man kein Wort zu Papier bringt. Deine Kunst ist stumm.«

Beinahe hätte er »stumpf« gesagt.

»Aber wenigstens ist sie ergiebig. Ich verkaufe meine Bilder immerhin.«

»Hör sofort auf, so mit mir zu reden«, keift Ignatius.

Wutentbrannt stapft er die Treppe nach unten. Als er im Erdgeschoss angekommen ist, fällt ihm auf, dass er gar nicht weiß, was er dort gewollt hat. Er macht kehrt und stapft beide Treppen wieder rauf. Er geht durch bis in Lauriannes Atelier. Sie beugt sich gerade über eine ihrer Bleistiftskizzen. Mit viel Fantasie erkennt Ignatius, dass es sich wohl um einen Menschen handelt, der die Arme nach oben gerissen hat.

»Was willst du?«, fragt sie in harschem Ton.

»Mich entschuldigen«, sagt Ignatius.

»Wofür?«

»Dafür, dass ich solche Sachen zu dir gesagt habe. Ich wollte deine Kunst nicht beleidigen. Es ist nur …«

»Fang jetzt bloß nicht an, deine Aussagen zu relativieren. Was du gesagt hast, war falsch. Punkt.«

»Es stimmt schon. Es war alles falsch. Aber du musst verstehen, wie schwer es mir fällt, nichts zu Papier zu bringen. Ich dachte, es würde diesmal einfach werden. Ich hatte doch alles. Alles war doch so klar.«

Laurianne weiß, was Ignatius ihr erzählen wird. Er hat es bereits die letzten vier Tage aufgezählt. Als er die Idee zu dem Theaterstück gehabt hatte, war alles ganz deutlich gewesen. Jede einzelne Figur hatte er vor Augen gehabt. Doch jetzt bringt er kein Wort zu Papier. Alle Charaktere sind ihm entglitten, haben sich vor ihm verschlossen.

Also sitzt Ignatius jeden Tag zehn Stunden vor seiner Schreibmaschine und schreibt Szenenanfänge. Nach einer halben Seite reißt er das Blatt aus der Maschine, zerknüllt es und wirft es unten in den Ofen. Tag für Tag. Er isst kaum – nicht einmal einen einfachen Salat –, schläft schlecht und rasiert sich schon seit Tagen nicht mehr. Laurianne hat Mühe, ihn dazu zu bringen, sich wenigstens zu waschen.

»Wie wäre es, wenn du und ich einen kleinen Spaziergang runter zur Donau machen?«, fragt sie schließlich. »Wir könnten auch Torte in einem der Cafés essen.«

Ignatius schüttelt den Kopf.

»Ich darf mich jetzt nicht mit solchen Dingen ablenken. Ich muss an das Stück rankommen. Wenn ich doch nur wüsste, wie ich einen Zugang finde.«

Laurianne geht zu ihrem Schreibtisch. Sie nimmt eine große Schwarzweißfotografie aus einer der Schubladen und hält sie Ignatius hin. Das Bild zeigt ein altes verfallenes

Haus. Am weißen Türrahmen haben sich schwarze Schimmelflecken gebildet.

»Was hältst du hiervon?«, fragt sie ihn.

Ignatius betrachtet das Bild. Er erinnert sich an den Urlaub, in dem Laurianne das Foto geschossen hat. Mit einem Mal hat er das Gefühl, dass er bald eine Idee bekommen wird; einen klaren Gedanken. Den ersten seit Tagen.

»Wie gefällt es dir?«, will Laurianne wissen.

»Weiß nicht.«

»Ich habe es für dich aufgenommen. Letztes Jahr in der Bretagne. Es war ein einsames Haus am Strand.«

Ein einsames Haus. Einsamkeit. Es zerreißt Ignatius förmlich, als ihm die Idee kommt. Schnell dreht er sich um und geht nach nebenan ins Schlafzimmer.

»Was ist denn jetzt in dich gefahren?«, fragt Laurianne.

Sie folgt ihm ins Schlafzimmer. Ignatius hat bereits einen kleinen Koffer aufs Bett geworfen und stopft wahllos Klamotten hinein.

»Willst du mir vielleicht mal sagen, was los ist?«

»Einsamkeit«, sagt Ignatius nur, als wäre damit alles gesagt.

»Einsamkeit?«

»Ich muss raus hier. Muss für mich sein. Ganz allein. Irgendwo, wo ich niemanden kenne«, sagt Ignatius.

»Und wo soll das sein?«

»Weiß ich noch nicht. Vielleicht in den Bergen.«

»Du willst jetzt in die Berge fahren?«

»Wieso nicht? Ob ich hier nichts arbeite oder in den Bergen, was macht das für einen Unterschied?«

»Einen großen«, sagt Laurianne. »Hier ist die Miete bereits bezahlt. Wo anders musst du ein Hotelzimmer mieten.«

»Das wird schon nicht so teuer sein. Außerdem ist es ja höchstens für ein bis zwei Wochen.«

»Ein bis zwei Wochen? Und was mache ich in der Zwischenzeit?«

»Du malst eifrig. Das kannst du doch so gut.«

Laurianne sieht Ignatius an. Sie kann nicht erkennen, ob sein Blick flehend, verschmitzt oder irre ist. Vermutlich von allem etwas.

»Du kommst aber auf jeden Fall wieder?«

»Darüber mach dir mal keine Gedanken. Was täte ich denn ohne dich.«

Ignatius verschließt den Koffer. Dann geht er hastig die Treppe runter in sein Arbeitszimmer. Aus seiner verschließbaren Schublade nimmt er dreitausend Schilling heraus. Den Schlüssel zur Geldschublade gibt er Laurianne.

»Hau nicht alles auf einmal auf den Kopf«, sagt er und zwinkert ihr zu.

»Bitte geh nicht«, sagt Laurianne. »Ich kann nicht …«

»Was?«

»Ich kann dir nicht versprechen, ob ich dann noch hier bin.«

Ignatius hält mitten in der Bewegung inne.

»Was soll das heißen?«

»Nichts. Nur, dass ich nicht ohne dich in diesem Haus leben will.«

»Es ist nur für kurze Zeit. Wenn es gar nicht mehr geht, ruf Olaf an.«

»Was soll ich denn mit dem?«, fragt Laurianne.

»Er kann sich um dich kümmern.«

»Du hast aber auch wirklich keine Ahnung!«, faucht Laurianne.

»Möglich. Aber ich weiß, dass ich sofort weg muss. Ich muss dieses Stück schreiben, wenn ich nicht will, dass es mich ewig verfolgt.«

Ignatius verlässt sein Arbeitszimmer.

»Manchmal glaube ich, dass du all deine Fantastereien mehr liebst als mich.«

Ignatius erstarrt. Er nimmt seine Frau sanft in den Arm und flüstert: »Du weißt, dass ich dich über alles liebe. Das weißt du.«

Sie will ihm antworten, doch er unterbricht sie.

»Ich muss dieses Stück schreiben, sonst gehe ich daran zugrunde. Du musst mir das glauben.«

»Ist in Ordnung«, sagt Laurianne. »Ich gebe dir zwei Wochen.«

»Ich werde da sein«, sagt Ignatius und küsst seine Frau zum Abschied. Er packt den Koffer am Griff und trägt ihn zur Tür. An der Garderobe zieht er seinen Mantel an.

»Wollen wir nicht wenigstens noch einmal zusammen essen? Wir könnten ins Restaurant gehen«, schlägt Laurianne vor.

»Geht nicht. Ich muss los. Irgendwas zieht mich von hier weg.«

Ignatius setzt seinen Hut auf und verlässt die Maisonette, ohne Laurianne noch einmal anzusehen.

Er hat sein Billett in der Bahnhofshalle gekauft und den Zug nach Graz genommen. Auf der Fahrt hat er versucht, seine Gedanken freizubekommen. Er darf sich nicht zu sehr unter Druck setzen. Wenn die Inspiration kommt, kommt sie wie ein scheues Reh. Ignatius legt den Kopf zur Seite und starrt aus dem Fenster. Die Landschaft fliegt dahin. Seine Augen werden schwer und er beschließt, bis Graz zu schlafen. Er zieht sich seinen Hut übers Gesicht und gleitet hinüber in die Traumwelt.

Mit dem Bus fährt er weiter nach Westen. Vorbei an Orten wie Ligist und Edelschrott. Er übernachtet zweimal in heruntergekommenen Hotels. Beide Male widersteht er der billigen Hausbar. Am dritten Tag steigt er in den Bus nach Hirschegg. Dort angekommen bleibt er an der Bushaltestelle stehen. Nach einiger Zeit hält ein Kleinlaster am Straßenrand. Ein Mann streckt den Kopf zum Fenster heraus und ruft: »Heut fährt kein Bus mehr. Wo wollen Sie denn hin?«

»Weiter rauf in die Berge«, ruft Ignatius.

»Ich fahr hoch bis nach Waldtor«, sagt der Mann.

»Können Sie mich mitnehmen?«

»Klar. Steigen Sie sein.«

Ignatius setzt sich auf den Beifahrersitz. Der Mann hat sonnengebräunte Haut und trägt ein ölverschmiertes Hemd.

»Ignatius Reichenbach«, sagt Ignatius. »Aus Wien.«

»Ich bin der Armin Freier aus Waldtor.«

Freier beschleunigt, als sie den Ort verlassen.

»Wollen Sie jemanden besuchen?«, fragt er schließlich.

Ignatius schüttelt den Kopf.

»Ich bin Schriftsteller. Ich suche die Abgeschiedenheit, um zu schreiben.«

Armin Freier lacht.

»Da sind Sie bei uns genau richtig.«

Ignatius Reichenbach hockt in der kleinen Kammer auf seinem Bett. Der Koffer liegt geöffnet vor ihm. Die wenigen Kleider, die er mitgenommen hat, hängen im Schrank.

Ignatius hat sich ein Zimmer in der Dorfschenke gemietet. Die Wirtin hat ihm das größere Zimmer gegeben. Ignatius misst den Raum mit den Augen aus. Er ist gerade einmal so groß wie seine Küche in Wien. Ignatius will nicht wissen, wie klein das andere Zimmer ist.

Auf einem wackeligen Tisch hat er Stifte und Papier bereitgelegt. Er hat bewusst darauf verzichtet, seine Olympia mitnehmen. In seiner Vorstellung schreibt er in Waldtor sowieso nichts als erste Skizzen. Auf dem Nachttischchen steht eine alte Holzeule, die ihn mürrisch beäugt. Ignatius nimmt sie und stellt sie mit dem Gesicht zur Wand. Er will keinesfalls während der Arbeit gestört werden – auch nicht von den leeren Blicken einer leblosen Eule.

Es klopft an der Tür.

»Herein!«, ruft Ignatius und steht vom Bett auf.

Es ist die Wirtin.

»Wenn Sie heute noch was zum Essen haben wollen, müssen Sie jetzt runterkommen. Ich mach gleich die Küche zu.«

»Danke«, sagt Ignatius und folgt der Wirtin nach unten.

Später am Abend füllt sich der Gastraum des Wirtshauses. Die Dorfbewohner kommen nach getaner Arbeit zusammen, trinken, lachen und singen. Ignatius erkennt Armin Freier wieder. Er sitzt mit drei anderen an einem Tisch und spielt Karten. An einem anderen Tisch wird gewürfelt. Ignatius sitzt allein an der Theke. Er nippt an seinem Bier. Als er ausgetrunken hat, signalisiert er der Wirtin, dass er zahlen will. Er ist müde und will nur noch ins Bett.

»Das macht sechs Schilling für das Bier und einen für die arme Luise.«

Ignatius legt das Geld passend auf den Tresen.

»Wer ist die arme Luise?«

»Die Witwe vom alten Holzanger. Lebt ganz allein draußen im Wald. Sammelt Kräuter und verkauft sie hier im Ort. Kriegt keine Rente. Darf aber trotzdem hier essen und trinken.«

»Sie lassen sie kostenlos essen?«

»Nein. Deshalb zahlen Sie ja jetzt einen Schilling mehr.«

»Wer war der Holzanger?«, fragt Ignatius.

»Warum wollen Sie das wissen?«

»Neugierde.«

»Der Holzanger hat mit Fichten gehandelt. Er ist im Krieg gefallen. Niemand weiß, wo genau. Es gibt Leute, die sagen, er sei untergetaucht. Wollte weg von seiner Frau.«

»Er war Soldat?«

Die Wirtin schüttelt den Kopf.

»War er nicht.«

»Was war er dann?«, fragt Ignatius.

Die Wirtin ignoriert ihn.

»Ich muss mich jetzt um meine Gäste kümmern. Wenn Sie was brauchen, melden Sie sich einfach.«

Ignatius kann nicht einschlafen. Deshalb sitzt er mit einem Glas Wein in seinem Zimmer am Schreibtisch. Den Wein hat er sich aus Wien mitgebracht. Seine Hand schmerzt vom vielen Schreiben. Er hat bereits fünf Seiten eng beschrieben. Er ist zufrieden mit seiner Arbeit. Die Inspiration kam nicht als scheues Reh, sondern als Witwe eines ehemaligen KZ-Aufsehers. Ignatius weiß nicht, ob der Holzanger wirklich in einem Konzentrationslager – zum Beispiel in Mauthausen – gearbeitet hat, doch es ist ihm egal. Es passt zu seiner Geschichte wie ein Puzzleteil. Er bastelt sich seine eigene Realität zusammen. Und in dieser Version der Wirklichkeit war der alte Holzanger Aufseher in einem Lager. Und das ganze Dorf wusste Bescheid. Und niemand wollte es wissen.

Was Ignatius weiß, ist, dass er in der letzten Stunde mehr geschrieben hat als in der letzten Woche. Er trinkt einen letzten Schluck Wein. Dann wäscht er sich das Gesicht und legt sich schlafen.

Ignatius ist jetzt bereits seit einer Woche in Waldtor. Er hat die Landschaft kennengelernt, die Dorfstraßen, den großen Platz in der Dorfmitte und die Dorfbewohner. Er hat mit fast allen gesprochen. Von jedem Dorfbewohner hat er ein weiteres Puzzleteil erhalten. Großväter, die im Krieg gefallen sind. Väter, die Mitglied in der NSDAP waren. Junge Erwachsene, die angeblich von alldem nichts mitbekommen haben. Ignatius spürt die Amnesie, die alles wie Nebel überzieht. Die Leute wollen nicht an die Vergangenheit erinnert werden, wollen frei atmen, leben.

Ignatius hat genug erlebt. Er kennt jetzt die Protagonisten seines Stücks. Er packt seine Koffer. Auf dem Stuhl hängen die Klamotten, die er am nächsten Morgen anziehen will. Er beschließt hinunter in die Wirtsstube zu gehen und zu Abend zu essen.

Als er den Schankraum betritt, bemerkt er sofort, dass etwas nicht stimmt. Es wird nicht gesungen, gelacht oder geredet. Kaum jemand ist gekommen. Nur drei Männer, deren Namen Ignatius vergessen hat, sitzen an einem der Tische und starren ihr Bier an.

»Ist was passiert?«, fragt Ignatius die Wirtin.

Sie hat ganz verweinte Augen. Bevor sie antwortet, schnäuzt sie sich die Nase.

»Die kleine Rita haben sie umgebracht.«

Ignatius trifft die Botschaft wie ein Schlag.

»Wen?«

»Die Kleine vom Hartinger. Die Kehle haben sie ihr aufgeschnitten.«

Ignatius Augen leuchten auf.

»Wann?«

»Sie haben sie heute am frühen Abend gefunden, als die Bauern von der Alm gekommen sind.«

»Wurde denn schon die Polizei benachrichtigt?«

Die Wirtin nickt.

»Die können aber vor morgen nicht da sein. Sie schicken einen Kommissär. Der Pfarrer ist jetzt beim Hartinger. Der Bürgermeister hat gesagt, es sollen heute alle in ihren Häusern bleiben.«

»Das ist vernünftig«, sagt Ignatius.

Er bestellt sich sein Essen. In Gedanken sitzt er schon wieder im Bus nach Graz. Er muss so schnell wie möglich sein Theaterstück aufschreiben. Die Worte brodeln in ihm wie Lava in einem Vulkan. Wenn er sie noch länger zurückhält, befürchtet er, wird er platzen.

Entwurzelt

Marek Hillenberger konnte immer noch nicht glauben, was Helena Trumpfheller ihm vor einer Stunde erzählt hatte. Sie war in sein Büro gestürmt und hatte im ganzen Gesicht gestrahlt. Es sei fabelhaft, hatte sie gesagt. Die Premiere sei restlos ausverkauft.

»Es sieht fast so aus, als sei Herr Werners Tod das Beste, was dem Stück hätte passieren können. Apropos: gehst du zu seiner Beerdigung?«

Hillenberger hatte noch gesagt, das sei das Mindeste, was er tun könne; doch da war sie schon wieder rausgestürmt.

Jetzt saß er im Zuschauerraum und verfolgte die Szene auf der Bühne. Janosch von Hofen verhörte Oskar Steidle, Sebastian Lorenz und Angelika Schmidt-Meier. Er hatte seine Rolle noch einmal ausgebaut. Hillenberger fielen die vielen kleinen Details auf, die Janosch sich offensichtlich bei Hauptkommissar Weiß abgeschaut hatte. Den Moment der Stille während eines Verhörs, wenn er darauf wartete, dass sein Gegenüber ihm eine weitere Lüge auftischte. Den barschen Tonfall, wenn er seine Fragen auf die Verdächtigen niederprasseln ließ. Dieses Schwanken zwischen piano und fortissimo. Hillenberger überlegte, wie lange er es Janosch noch gewähren lassen konnte, seine Ideen in die Rolle einfließen zu lassen. Der Junge war zu gut, als dass man ihm großartig dazwischenfunken konnte. Doch er wich mehr und mehr von Hillenbergers Vision des Kommissärs ab.

Gerade verhaspelte sich Angelika mal wieder. Vielleicht war sie doch nicht die ideale Besetzung für die Wirtin – eine schlagkräftige Frau, die sich für kein Wort zu schade war. Hillenberger sah auf seine Uhr. Es war Zeit für eine Pause. Er brauchte jetzt einen Kaffee.

»Wir machen neunzig Minuten Pause«, sagte er laut.

Die Schauspieler hielten mitten im Satz inne.

»Es geht weiter um 13:30 Uhr.«

Er wandte sich von der Bühne ab und ging durch den schmalen Flur zu seinem Büro. Er musste allein sein.

Hillenberger schloss die Tür hinter sich ab. Er legte seine Notizen auf den Schreibtisch, dessen Oberfläche mehr und mehr im Chaos versank. Dann öffnete er sich eine Flasche Wasser und setzte sich aufs Sofa. Er schloss die Augen. Als er sie wieder öffnete, sah er Daniel Werner vor sich, der ihn auslachte und dumme Behauptungen machte. Immer lauter und lauter lachte er, bis eine dunkle Gestalt hinter ihn trat und ihn für immer verstummen ließ. Werner sank zu Boden und blieb dort wie ein Gemälde liegen. Ein Gemälde – geschaffen von einem Künstler, geschaffen für die Zeit bis zur Verwesung. Doch es hallte nach, dieses Kunstwerk. Es hallte in den Ermittlungen der Polizei nach und es war verantwortlich für den Andrang auf die Theaterkarten. Es würde Hillenberger die Chance geben, etwas zu erschaffen, das noch viel länger Bestand hätte. Doch um das zu erreichen, musste er schnell handeln. Er musste bei der Polizei bewirken, dass sie die Theaterwaffe zurückbekämen. Janosch von Hofen musste sie in der Hand halten. Wieder und wieder. Musste sie kennenlernen, bis er ihr blind vertraute.

Hillenberger musste jetzt handeln. Er stand auf und ging zu seinem Schreibtisch. Er suchte die Nummer der Kommissarin raus und tippte sie in sein Bürotelefon ein.

Während der Pause spazierte Janosch mit Samira durch die Straßen. Gedankenverloren sah Janosch hinauf zum Himmel. Samira ging schweigend neben ihm her. Sie spürte, dass Janosch noch nicht wieder ganz er selbst war. Früher schon hatte sie bemerkt, dass es nach einer Probe manchmal einen Moment dauerte, bis er wieder Janosch war. Und einmal war es sogar vorgekommen, dass er noch Wochen, nachdem das Stück zum letzten Mal aufgeführt worden war, einige der Marotten behalten hatte, die er sich angeeignet hatte. Erst als er sich auf seine nächste Rolle – den Möbius in Dürrenmatts DIE PHYSIKER – vorbereitet hatte, waren damals die letzten antrainierten Eigenheiten von ihm abgefallen wie verwelktes Laub von den Bäumen.

»Was würdest du sagen, wenn wir es nach MORD OHNE SINN noch einmal in einer anderen Stadt versuchen?«, fragte Janosch mit einem Mal.

»Ist das dein Ernst?«, fragte Samira.

Janosch war schon immer ein launischer Mensch gewesen, der seine Mitmenschen stets überraschen konnte. Das war etwas an ihm, an das sich Samira nie gewöhnen würde.

»Wieso nicht?«, fragte er. »Ich hätte mal wieder Lust auf Berlin, Dresden oder Hamburg.«

»Das sind aber drei völlig unterschiedliche Städte.«

Janosch zuckte mit dem Schultern.

»Das mag schon sein.«

»Kann es sein, dass du einfach aus München fortwillst?«, fragte Samira.

»Auch das kann sein.«

Sie gingen eine Weile schweigend weiter. Schließlich fragte Janosch: »Würdest du denn mitkommen?«

»Ich weiß nicht. Schließlich habe ich hier noch das Haus meiner Eltern. Gut, es liegt außerhalb auf dem Land, doch ich hänge irgendwie dran.«

Janosch nickte, als hätte er das Problem erkannt.

»Es war ja nur so eine Idee.«

Sie hatten ihre Runde beendet und waren wieder am Heigeltheater angekommen.

»Kommst du mit zum Essen?«, fragte Samira.

»Sofort. Ich muss nur noch vorher schnell in meine Garderobe.«

Samira ließ Janosch stehen und machte sich auf den Weg zum Gemeinschaftsraum.

Janosch wartete noch einen Moment, bevor er hinter die Bühne ging und dann durch den dunklen Korridor zu seiner Garderobe gelangte. Vor der Tür stand Teresa Michl. Als sie ihn bemerkte, zuckte sie leicht zusammen.

»Da bist du ja«, sagte sie. »Ich wollte gerade zu dir.«

Janosch ignorierte diese Lüge. Wäre sie gerade erst vor seiner Garderobe angekommen, hätte er ihre Schritte im Flur vor sich gehört.

»Was willst du?«, fragte er.

Teresa zuckte nur leicht mit den Schultern.

»Ich wollte dich und Samira zum Essen holen.«

Lüge Nummer zwei.

»Samira ist bereits vorne. Wir waren draußen spazieren.«

»Na dann sehen wir uns ja gleich beim Essen«, sagte Teresa, lächelte ihm zu und verschwand den Flur herunter.

Janosch blieb verwirrt zurück. Irgendetwas stimmte hier nicht. Er nahm seinen Schlüssel aus der Tasche und schloss die Garderobentür auf, die er seit dem Mord an Daniel Werner immer verschloss, wenn er zur Probe ging.

Irgendetwas stimmte mit Teresa definitiv nicht.

Helena Trumpfhellers Euphorie vom Vormittag war komplett verflogen. Fassungslos las sie die Mail auf ihrem Laptop zum dritten Mal. Sie war von Hillenbergers Praktikantin, der sie erst gestern aus fadenscheinigen Gründen gekündigt hatte. Jetzt wurde Trumpfheller klar, weshalb Hillenberger die Kündigung so vehement gefordert hatte. Die Mail der Studentin war ein Warnschuss. So viel war klar. Laura Pracht gab Helena Trumpfheller eine letzte Chance, die Sache im Verborgenen zu klären. Sie las die Mail ein viertes Mal:

Sehr geehrte Frau Trumpfheller,

wie Sie sicherlich schon von Herrn Hillenberger erfahren haben, musste ich mein Praktikum am Heigeltheater vorzeitig beenden. Dies geschah nicht freiwillig. Ich hielt es dort einfach nicht länger aus. Denn ich konnte nicht mehr weiter mit Herrn Hillenberger zusammenarbeiten. Ich vertraue mich Ihnen an, und ich vertraue darauf, dass Sie das Richtige tun werden.

Hillenberger hat mich in den vergangen drei Monaten mehrfach sexuell belästigt. Zunächst waren es nur kleine Übergriffigkeiten wie das Berühren meines Körpers. Es geschah an unverfänglichen Stellen, als handle es sich um ein Versehen. Doch mit der Zeit berührte mich Hillenberger auch am Po oder meinen Brüsten. Ich war verunsichert. Doch da ich meinen Praktikumsplatz nicht verlieren wollte, ließ ich diese Vorfälle geschehen.

Eines Abends hat er dann versucht mich zu küssen. Als ich mich aus seinem Griff winden wollte, hat er so fest zuge-

packt, dass ich noch drei Tage später sichtbare Abdrücke an
den Armen hatte.

Das erste Mal, als er mich vergewaltigt hat, war vor drei
Wochen. Danach noch viermal.

Ich wende mich mit dieser Mail an Sie, damit Sie erkennen,
was für ein Mensch Marek Hillenberger ist. Sie müssen ihn
mit mir aus dem Verkehr ziehen. Ich kann es allein nicht.
Ich schäme mich einfach so sehr. Ich kann nicht allein zur
Polizei gehen. Ich flehe Sie an: Sie müssen mir helfen, ihn
zu stoppen.

Gruß
Laura Pracht

»Sie müssen ihn stoppen.« Helena Trumpfheller las diesen
Satz wieder und wieder. Was sollte sie tun? Konnten die
Anschuldigungen stimmen? Hatte Hillenberger sie nicht
auch schon einmal seltsam angestarrt? Was war mit den
anderen Schauspielerinnen? Helena musste auf jeden Fall
zur Polizei gehen. Doch dann wäre das Theater erledigt.
Sie konnte nicht zur Polizei gehen. Sie musste zur Polizei
gehen.

Helena Trumpfheller schrie laut auf. Sie fegte alle Gedanken zur Seite und konzentrierte sich. Sie starrte ihren
Laptop an und plötzlich sah sie deutlich vor sich, was sie
tun musste. Sie musste mit Hillenberger reden. Gleich am
nächsten Morgen. Sie musste sich seine Seite der Geschichte
anhören. Erst dann würde sie entscheiden.

Samira und Janosch saßen in Janoschs Wohnung auf dem
Sofa und tranken Wein. Im Fernseher lief irgendeine Serie. Samira hatte – im Gegensatz zu Janosch – noch nie
bei einer TV-Produktion mitgespielt. Sie war bislang nur

am Theater gewesen. Die direkte Reaktion des Publikums würde ihr fehlen, redete sie sich immer wieder ein, wenn unter Schauspielkollegen das Gespräch darauf kam. Doch natürlich hegte auch sie insgeheim den Wunsch, einmal bei einer großen Fernsehproduktion oder einem Kinofilm mitzuspielen.

Jetzt allerdings saß sie lediglich neben ihrem Freund auf dem Sofa und verfolgte mit einem Auge den Film, während sie mit den Gedanken bei dem war, was Janosch sie in der Mittagspause gefragt hatte. Konnte sie sich vorstellen, aus München wegzuziehen? Das Haus ihrer Eltern zu verlassen, an dem so viele Erinnerungen hingen? In eine neue Stadt gehen, an einem neuen Theater anfangen? Eigentlich nicht. Das wusste sie. All ihr Abwägen war nichts als Selbstbetrug. Sie spielte sich vor, sie habe wenigstens darüber nachgedacht. Dabei wusste sie, dass ihre Entscheidung längst feststand. Doch was bedeutete das für sie und Janosch? Was wäre, wenn er auch ohne sie in eine andere Stadt zöge? Wäre ihre Beziehung dann vorbei? Würden sie sich dann trennen? Einfach Lebewohl sagen? Was war überhaupt der Stand ihrer Beziehung? Sie waren bereits seit über einem Jahr ein Paar und lebten immer noch getrennt. War ihre Beziehung vielleicht schon längst zum Erliegen gekommen?

»Ich glaube, ich lege mich gleich schlafen«, sagte Janosch und riss Samira aus ihren Gedanken.

»Hm.«

»Bleibst du über Nacht?«

»Hm.«

Janosch küsste sie auf die Wange.

»Erde an Reuter, Erde an Reuter, bitte kommen.«

»Was?«, fragte Samira.

»Ich habe gefragt, ob du heute Nacht hierbleiben willst.«

»Lieber nicht. Ich muss morgen zu Hause endlich mal ein paar Dinge erledigen.«

»Was für Dinge denn?«

»Aufräumen, putzen, Wäsche waschen.«

»Langweilig.«

Samira lachte.

»Aber es muss gemacht werden. Wie wäre es, wenn du mich morgen Abend besuchst und bei mir übernachtest?«

»Wird gemacht.«

Sie gab ihm einen Kuss. Dann sah sie auf die Uhr.

»O verdammt. Ich muss jetzt aber wirklich los.«

»Dann sehen wir uns morgen. Ab wann darf ich bei dir sein?«

»So um drei?«

»Ich sehe dich dann so um drei.«

Janosch brachte Samira zur Tür. Sie verabschiedeten sich mit einem Kuss. Samira verließ die Wohnung und ging nach unten und setzte sich in ihren Wagen.

Zwei Fragen prallten in ihrem Kopf aufeinander: Wie war der Stand ihrer Beziehung, und – die zweite Frage hatte der Kommissar gestellt – konnte es sein, dass Janosch sie mit einer anderen betrog?

Janosch ging unruhig in seiner Wohnung auf und ab. Der plötzliche Aufbruch von Samira hatte ihn nervös gemacht. Sie hatte die ganze Zeit über ein nachdenkliches Gesicht gemacht. Natürlich hatte sie vorgegeben, der Serie auf Netflix zu folgen, doch abseits der Bühne war sie eine unglaublich schlechte Schauspielerin. Irgendetwas beschäftigte sie und für Janosch kam eigentlich nur eine Sache in Frage: Samira wusste von ihm und Teresa.

Wieder kehrten seine Gedanken zu dem Abend zurück, an dem Teresa ihn verführt hatte. Denn das war es, was er sich immer eingeredet hatte. Nicht er hatte mit Teresa gespielt, sondern sie mit ihm. Sie hatte ihn verführt, obwohl sie wusste, dass er eine Partnerin hatte. Sie hatte ihn auf das Sofa gelockt, wo sie miteinander geschlafen hatten. Sie hatte ihn immer wieder mit diesen Augen angesehen. Mit diesem Blick der besorgten Ehefrau, die ihren Kommissär so sehr liebt. Er war völlig machtlos gewesen, hatte keine Chance gehabt, richtig zu handeln, sie abzuweisen.

Doch natürlich hatte er die gehabt. Er hatte dazu beigetragen, dass es so weit gekommen war. Er hatte ihr immer wieder Alkohol nachgeschenkt und sich ebenfalls. Und war es nicht so gewesen, dass er in diesem Moment keinen Gedanken an Samira verschwendet hatte? Er hatte nur Teresa gewollt und alles dafür getan, dass diese Szene am Laufen blieb.

Er war schuldig. Und er war sich sicher, dass Samira irgendetwas ahnte. Dass sie ihn verlassen würde, weil er sie enttäuscht hatte.

Mit einem Male wurde Janosch wütend auf sich und auf Teresa. Er musste sie anrufen und sie fragen, ob sie jemals mit irgendwem über diesen Abend gesprochen hatte. Er musste ihr sagen, dass es nicht allein ihre Schuld war, dass er es hatte geschehen lassen. Janosch nahm sein Smartphone und öffnete sein Adressbuch. Sein Daumen schwebte über Teresas Rufnummer.

Was, wenn Teresa geschwiegen hatte? Was, wenn Samira nichts von alldem wusste? Was, wenn nicht?

Janosch schaltete das Smartphone aus. Dann riss er das Wohnzimmerfenster auf und rief laut in die Nacht hinaus: »Keine Mätzchen, Herr Freier. Sagen Sie mir endlich, wo Sie gestern waren!«

Er sog die kalte Nachtluft ein und sank auf den Wohnzimmerboden. Ein Lachen ergriff ihn. Zunächst nur leise – eher ein Kichern –, dann immer lauter, bis er schließlich brüllte vor Lachen.

»Keine Mätzchen!«, brüllte er erneut.

Es dauert eine Weile, bis er sich wieder beruhigt hatte. Schließlich stand er auf, nahm sein Textbuch und seine Autoschlüssel und verließ die Wohnung.

Samira saß in ihrem Wagen. Der Schlüssel steckte bereits seit einer Viertelstunde, doch statt den Motor zu starten, knetete sie nur nervös ihre Unterlippe. Sie wollte so gerne aussteigen, wieder hinauf zu Janosch gehen und ihm sagen, dass sie sich für ihn entschieden hatte, obwohl sie wusste, dass sie nicht mit ihm kommen würde, sollte er fortziehen.

Vermutlich wäre es doch am besten, wenn sie getrennte Wege gingen. Er musste ohne sie fortgehen. Das war ihr klar geworden. Janosch hatte sich nicht nur gegen München entschieden sondern auch gegen das Haus ihrer Eltern und gegen sie. Samira zog den Autoschlüssel ab und öffnete die Wagentür. Sie wollte gerade aussteigen, als sie Janosch bemerkte, der aus der Haustür trat und in seinen Peugeot stieg.

Samira zog die Tür wieder zu und startete ihren Wagen. Sie folgte Janosch. Schon nach wenigen Minuten erkannte sie, wohin er fuhr.

Was wollte Janosch nachts im Theater?

Janosch parkte seinen Wagen am Straßenrand direkt vor der Eingangstür. Er ging um das Theater herum zum Hintereingang und holte seinen Schlüssel aus der Jackentasche. Er hatte sich den Schlüssel vor einer Weile von Helena

Trumpfheller geben lassen, damit er auch in seiner Garderobe üben konnte, wenn sonst niemand im Theater war.

Janosch schaltete das Licht ein und ging den Flur entlang. Er achtete nicht darauf, ob die Tür hinter ihm wieder ins Schloss fiel. Immer wieder murmelte er: »Keine Mätzchen, Herr Freier!«

Als er seine Garderobe erreichte, verspürte er einen furchtbaren Durst nach Kaffee. Der Kommissär brauchte jetzt einen Kaffee. Janosch schloss seine Garderobe auf. Er warf sein Textbuch achtlos auf den kleinen Tisch vor dem Spiegel. Dann ging er einige Runden hektisch auf und ab, ließ sich aufs Sofa fallen, stand wieder auf, trat vor den Spiegel und sah sich tief in die Augen. In die wachen Augen des Kommissärs.

Janosch nahm sein Textbuch vom Schminktisch und ging damit hinauf in die kleine Küche. Er gab mehrere Löffel Kaffeepulver in die Maschine und schaltete sie an. Er hatte keine Lust zu warten, bis der Kaffee durchgelaufen war. Mit dem Textbuch in der Hand ging er nach vorne zur Bühne. Dort schaltete er das kleine Licht an und ging im Halbdunkel in die Mitte der Bühne und setzte sich an den Tisch.

»Was soll ich denn noch tun?«, fragte er seine unsichtbare Frau.

»Ich kann doch nicht einfach umkehren und zurück nach Wien reisen, wo doch hier die armen Leute umkommen wie die Fliegen.«

Janosch drehte sich zur Kulisse um und sah dorthin, wo normalerweise Teresa mit dem Geschirrtuch stand.

»Es ist eben nicht menschlich, einfach nur die Augen zu verschließen. Und wenn es das wäre, will ich nicht länger Mensch sein!«

Janosch stand auf und ging aufgebracht um den Tisch herum.

Plötzlich hielt er inne. Schwer atmend stützte er sich auf dem Stuhl ab und drehte sich langsam zur Kulisse um.

»Wieso hast du mir das angetan?«

Samira hatte es gerade noch so geschafft, die zufallende Tür aufzufangen. Sie hatte einen Moment gewartet und war Janosch dann ins Theater gefolgt. Sie hatte ihn auf der Bühne vermutet und wollte dort auf ihn warten. Es dauerte jedoch noch etwa fünf Minuten, bis er kam. Samira hatte sich in der Zwischenzeit in den Zuschauerraum gesetzt. Jetzt beobachtete sie gespannt Janoschs Spiel. Er war ganz in seiner Rolle versunken. Der verzweifelte Kommissär, der sich mehr um das Dorf kümmerte als um seine Frau, die um ihrer beider Leben fürchtete.

Teresas Passagen überspielte Janosch einfach, doch er blieb in seiner Rolle. Samira fröstelte. Wenn jemand so gut spielen konnte, wie konnte sie sich dann je sicher sein, dass er ihr gegenüber nicht auch nur eine Rolle spielte?

Samira hatte es schon mehrmals erlebt, dass Janosch an einer Rolle kleben blieb. Mal war es ein Dialekt gewesen, mal eine Geste, die er sich angeeignet hatte. Doch noch nie hatte sie sich gefragt, ob sie eigentlich den echten Janosch von Hofen kannte. Ob es diesen Janosch überhaupt gab.

Samira wurde von einer Zeile aus ihren Gedanken gerissen.

»Wieso hast du mir das angetan?«, fragte Janosch leise.

Er war von seinem Text abgewichen.

»Du wusstest doch von mir und Samira. Ich wollte sie nie betrügen. Wieso musstest du dich so an mich ranwerfen?«

Janosch blickte zur Spüle herüber. Dort sollte Teresa stehen, die die Frau des Kommissärs gab. Doch dort stand niemand. Nur in seinem Kopf hörte er Teresa sagen: »Aber ich wollte dich. Ich konnte es nicht mehr aushalten, wie du mit Samira so glücklich warst. Ich wollte auch glücklich sein. Wollte leben. Sorglos, frei, ohne Kind.«

Teresa brach in Tränen aus.

»Ich bin so eine schreckliche Mutter. Wie kann ich sauer sein über mein Kind, nur weil es existiert? Ich sollte sauer sein auf dich: Denn in Wahrheit hast du dich an mich rangeschmissen. Du hast mich schön gefügig gemacht mit deinem bescheuerten Wein. Und du hast es genossen, wenn ich dich in meiner Rolle angehimmelt habe.«

Janosch ging auf die Spüle zu. Er sah Teresa jetzt ganz deutlich vor sich. Sie trug das rote T-Shirt, das sie an dem Abend getragen hatte, als sie miteinander geschlafen hatten. Janosch bekam beim Anblick ihrer Kurven einen trockenen Mund.

»Mach dir keine Vorwürfe deshalb. Ich …«

Er stockte. Irgendetwas in ihm hinderte ihn daran, sich einzugestehen, was bereits von Anfang an klar gewesen war.

»Was? Du weißt doch gar nicht, wie es ist, wenn alle um einen herum ihr Leben leben und man selbst jede Party auslassen muss, weil man am nächsten Morgen sein Kind stillen muss. Wie einen die Männer meiden, sobald sie erfahren, dass man Mutter ist. Wie es ist, abends allein zu sein in einer viel zu kleinen Wohnung und wie man sich fühlt, wenn man sich einfach nach ein bisschen menschlicher Nähe sehnt.«

Während Teresa so redete, fiel es Janosch wie Schuppen von den Augen. Mit einem Mal löste sich die Lüge, die er sich die ganze Zeit zum Selbstschutz vorgehalten hatte, in Luft auf. Er ging zu Teresa und umschloss ihr Gesicht sanft mit seinen Händen.

»Ich wollte dich auch«, sagte er leise. »Schon immer.«

Er küsste sie voller Leidenschaft. Sie küsste ihn zurück.

»Komm wir gehen in meine Garderobe«, sagte Janosch.

Teresa schüttelte den Kopf.

»In die Küche. Der Kaffee.«

Janosch musste kurz überlegen, was Teresa meinte. Doch dann fiel ihm der Kaffee wieder ein, den er aufgesetzt hatte. Sie gingen so schnell sie konnten in die Küche. Auf dem Weg dorthin küssten sie sich immer wieder.

Samira saß auf der Tribüne und weinte leise in sich hinein. Sie konnte nicht glauben, was sie gerade gesehen hatte.

Ihr Freund war eindeutig verrückt geworden. Er sprach mit Menschen, die nicht anwesend waren, ja er küsste sie sogar.

Samira wusste nun, dass sie von jetzt an getrennte Wege gehen würden. Sie ließ sich in den samtbezogenen Stuhl sinken und überlegte, wie sie Janosch am nächsten Tag begegnen sollte.

Janosch hatte Teresa auf den kleinen Sessel in der Küche gedrängt. Sie hatten sich geküsst wie Teenager. Er hatte ihr das T-Shirt abgestreift. Sie war wunderschön. Janosch bedachte ihren Oberkörper mit Küssen, als sie schließlich sagte: »Wolltest du dir nicht eigentlich einen Kaffee holen?«

Teresa lachte und warf dabei ihr Haar zurück. Janosch küsste sie erneut und ging dann zur Kaffeemaschine. Er schenkte sich eine Tasse ein und fragte dann: »Du auch?«

»Nein danke, ich …«, fing Teresa an und brach dann ab.

Janosch lehnte sich gegen die Arbeitsplatte und rührte in seinem Kaffee. Er sah zu Teresa hinüber. Sie war wunderschön. Doch stimmte irgendetwas nicht mit ihr.

»Was ist?«, fragte Janosch schließlich.

»Ich … ich trinke keinen Kaffee mehr«, sagte Teresa.

Sie sprach so leise, dass Janosch Mühe hatte, sie zu verstehen.

»Machst du einen Entzug?«

»So kann man es auch nennen.«

Sie suchte verzweifelt nach den richtigen Worten.

»Es liegt an dir.«

»So?«, fragte er.

»Janosch, ich bin schwanger von dir. Deshalb trinke ich keinen Kaffee mehr.«

Die Kaffeetasse rutschte ihm aus der Hand und zerschellte am Boden. Der Aufprall hallte in seinem Kopf wider, explodierte hinter seiner Stirn. Ihm wurde schwindelig und er hatte Mühe, nicht in die Knie zu gehen.

Leise sagte er: »Das ist eine Lüge.«

Teresa sah Janosch verwirrt an.

Er wusste nicht, was er sagen sollte. Er wiederholte immer nur diesen einen Satz und steigerte dabei die Lautstärke, bis er schließlich laut brüllte: »Das ist eine Lüge!«

Teresa brach in Tränen aus.

»Es ist die Wahrheit«, sagte sie und fügte hinzu: »Ich wollte es doch auch nicht.«

Janosch geriet jetzt in Panik. Er rannte quer durch die Küche –vom Ecktisch zur Mikrowelle, zur Spüle und zurück – und murmelte die ganze Zeit: »Das ist eine Lüge. Eine dreckige Lüge.«

Plötzlich blieb er abrupt stehen. Er sah Teresa an. Erst jetzt fiel ihm auf, wie blass ihre Haut war. Und da war noch etwas: Dort wo er sie geküsst hatte, waren ganz deutlich dunkle Flecken wie von Schimmel zu sehen. Angeekelt wich Janosch zurück. Leise – und doch ganz deutlich – sagte er: »Samira wird davon erfahren und dann wird sie mich verlassen. Erst das blöde Haus ihrer Eltern und jetzt noch der blöde Bastard in deinem Bauch. Sie wird mich verlassen.« Janosch hielt inne. Dann sagte er laut: »Sie darf mich nicht verlassen. Sie wird es nie erfahren.«

In einer Übersprungshandlung riss Janosch sämtliche Schubladen auf und warf das Besteck auf den Boden. Schließlich fand er ein scharfes Brotschneidemesser. Er packte es fest am Griff, trat auf Teresa zu und hielt ihr die Klinge an den Hals.

»Sag, dass das nicht wahr ist! Sag es!«, schrie er.

Teresa liefen jetzt dicke Tränen die Wangen hinunter. Sie versuchte, Janosch mit den Händen abzuwehren, doch er war zu stark. Verzweifelt schluchzte sie immer wieder: »Nein, nein, nein.«

Janosch stieß einen Wutschrei auf und schlug Teresa mit der Faust gegen die Stirn. Sie kippte nach hinten, doch das nahm Janosch schon nicht mehr wahr. Seine Hand zitterte, doch er hielt das Messer fest umschlossen. Janosch drehte sich um und rannte aus der Küche. Schreiend rannte er durch den Flur nach vorne zur Bühne.

»Keine Mätzchen, Fräulein. Geben Sie endlich zu, dass Sie ihn verführt haben. Sie haben ihn dazu gedrängt, Sie zu schwängern! Geben Sie's endlich zu!«

Janosch erreichte die Bühne. Das Licht brannte noch. Er stürzte zum Tisch in der Mitte der Bühne. Als er sich auf den Stuhl setzte, blickte er sich um. Alle Möbel – die kleine Spüle, das Regal und sogar die Tür, die in die Kulisse eingebaut war – waren von einer dicken Schicht schwarzen Schimmels überzogen.

»Nein!«, schrie Janosch.

Er rannte quer über die Bühne und befühlte die Requisiten. Sie fühlten sich pelzig an – wie von Schimmel überzogen. Angeekelt kehrte er zum Tisch zurück und nahm das Messer wieder zur Hand. Mit langsamen Schritten ging er nach vorne zum Bühnenrand. Saß dort jemand im Zuschauerraum? Janosch konnte es nicht genau sagen. Er fiel auf die Knie und hielt sich die Klinge an die Kehle. Sein Blick schweifte über die leeren Ränge.

Schwer atmend sagte er: »Hier muss es enden. Ich kann nicht zulassen, dass das Dunkel weiter um sich greift.«

Janosch dachte noch einmal an Samira, dann durchtrennte er sich die Kehle.

Wien

Die Donau plätschert an diesem Sommertag friedlich vor sich hin. Ignatius genießt die Geräuschkulisse: Das fließende Wasser, die Menschen, die sich unterhalten; der Kies, der unter ihren Füßen knirscht; die Vögel. Alles verschmilzt zu einer Symphonie der Geräusche, die die meisten Menschen nur als Hintergrundrauschen wahrnehmen, doch Ignatius lauscht ihr, wie man einer Schallplatte lauscht oder einem Konzert im Radio. Er sitzt auf seiner Bank und hat die Augen geschlossen. Heute Morgen hat er gespürt, dass es Zeit ist. Zeit für sein erstes eigenes Stück. Schon vor über einem Jahr ist die Idee in ihm aufgekeimt, nicht länger nur Bühnenfassungen bereits existierender Werke zu schreiben, hoffnungslos Romananfänge zu verfassen, die er sowieso nie beenden wird, oder sich geradeso mit dem Schreiben von Zeitungsartikeln über Wasser zu halten. Er will ein eigenes Theaterstück schreiben, das irgendwann einmal in allen Spielhäusern Österreichs aufgeführt wird. Ignatius weiß, dass er dafür kürzertreten muss. Er wird in der Zeit, in der er sein Stück schreibt, keine Auftragsarbeiten erledigen können. Er und Laurianne müssen dann von ihrem Ersparten und den Einkünften seiner Frau leben. Doch Ignatius ist bereit, sich darauf einzulassen. Er kann nicht anders.

Heute Morgen hat er gespürt, dass er so weit ist. Er hat seinen Freund und Agenten Olaf Steiger angerufen und vereinbart, sich heute mit ihm in einem kleinen Café an der Donau zu treffen. Olaf hat zugesagt. Sie wollen sich um drei Uhr treffen. Ignatius blickt auf seine Uhr. Es ist bereits zwei Uhr nachmittags. Verwirrt steckt er die Uhr wieder in seine Westentasche. Hat er wirklich den ganzen Vormittag hier auf der Bank gesessen? Es muss wohl so sein. Erstaunt stellt er fest, dass er keinen Hunger verspürt. Der Mensch lebt nicht vom Brot allein. Seine Nahrung – das weiß Ignatius – ist die Kunst. Das Schreiben. Das Ersinnen von Welten.

Er steht auf und macht sich auf den Weg in das Café. Er schlendert durch die Straßen und, genau wie seine Füße ihren Weg von selbst zu finden scheinen, machen sich seine Gedanken auf ihren Weg. Ignatius hat noch keine Vorstellung davon, worüber er schreiben wird. Er weiß nur, dass er es tun muss. Er muss etwas Eigenes erschaffen. Der Hunger kommt beim Essen. Er hofft, dass die Inspiration ihn schon irgendwie ereilen wird, dass die Muse ihn rechtzeitig küsst.

Er hat das Café erreicht. Da er eine halbe Stunde zu früh da ist, beschließt Ignatius, sich einen Tisch zu suchen und vielleicht schon mal ein Stück Torte zu essen. Er betritt das Café und setzt sich an einen Tisch im hintersten Winkel. Er legt seinen Hut neben sich auf den Stuhl.

Der Kellner ist ein junger Bursche von vielleicht zwanzig Jahren.

»Guten Tag der Herr, was darf ich Ihnen bitte bringen?«

»Schönen guten Tag. Bringen Sie mir doch bitte eine Kanne Kaffee und ein Stück Sachertorte.«

»Sehr wohl, der Herr.«

Der Kellner verschwindet und Ignatius sieht sich in dem

Café um. Er ist fasziniert von der Tatsache, dass ihm, obwohl er schon dutzende Male hier gewesen ist, immer noch winzige Details auffallen, die er bisher nicht wahrgenommen hat. Er betrachtet die Verzierung im Holz der Stuckleiste, die Geräusche der Kaffeemaschine dringen an sein Ohr, das feine Läuten der Glocke am Tresen. Ignatius ist begeistert von den Details der Welt. Sein Blick fällt auf eine Tafel an der Wand.

Diese Tafel muss neu sein, da ist Ignatius sich sicher. Er hätte sie auf jeden Fall bei einem seiner früheren Besuche bemerkt. Er will gerade aufstehen und die kleine Tafel genauer betrachten, als der Kellner mit seinem Kaffee und seiner Torte kommt.

»Bitte sehr.«

Der Kellner stellt die Bestellung auf den Tisch.

»Möchten Sie Milch und Zucker in Ihren Kaffee? Oder vielleicht ein Schlagobers auf Ihre Torte?«

»Nein, danke. Ich habe aber dennoch eine Bitte an Sie.«

»Was kann ich für Sie tun?«, fragt der Kellner.

»Ich bin hier mit einem Freund verabredet. Herr Steiger heißt der Gute. Er müsste um drei Uhr kommen. Können Sie ihn bitte zu mir schicken?«

»Selbstverständlich. Wenn Sie sonst noch etwas brauchen, melden Sie sich einfach.«

Der Kellner geht wieder nach vorne, um die anderen Gäste zu bedienen.

Ignatius lässt seinen Kaffee und seine Torte stehen und geht hinüber zur Tafel an der Wand. Sie ist klein, nur etwa so groß wie ein Teller, und aus Stein gehauen. Auf ihr steht nur ein Satz: »Zur Erinnerung an die Opfer des Krieges.«

Ignatius geht zu seinem Platz zurück. Der Satz hallt in seinem Kopf nach. »Zur Erinnerung an die Opfer des

Krieges.« Nicht »die Toten« oder »die Gefallenen«, sondern »die Opfer«. Dieses Wort bohrt sich tief in seine Gedanken ein, bis es schließlich auf den Grund stößt und ein Loch in sein Unterbewusstsein bohrt. Etwas kommt in Ignatius hervor. Eine Geschichte, die ihm erzählt wurde. Ein Gespräch, das er geführt hat. Eine Unterhaltung mit seinem Vater.

Ignatius war noch ein Schuljunge, sein Vater gerade aus dem Krieg heimgekehrt. Es war noch nicht lange wieder Frieden. Ignatius' Vater war ein frommer Mann gewesen, der stets darauf achtete, sich nicht zu versündigen – wie er es nannte.

Ignatius hatte ihn eines Tages gefragt: »Papa, wie hast du als guter Christ es eigentlich fertiggebracht, auf die Russen zu schießen?«

Sein Vater hatte geschwiegen. Bis heute hat Ignatius keine Antwort auf seine Frage erhalten. Nur die traurigen Blicke seines Vaters.

Was jetzt aus seinem Unterbewusstsein hervorkommt, ist eine Idee. Die Idee, ein Theaterstück über seinen Vater zu schreiben. Nicht nur über seinen Vater, sondern …

»Hallo mein Freund.«

Die Worte reißen Ignatius aus seinen Gedanken. Vor ihm steht Olaf Steiger.

»Hallo Olaf.«

Steiger legt seinen Hut ab und setzt sich. Er winkt dem Kellner.

»Ich hätte gerne das Gleiche wie mein Freund hier.«

»Sehr wohl.«

»Was gibt es Neues?«, fragt Steiger, als der Kellner verschwunden ist.

»Ich werde ein eigenes Theaterstück schreiben.«

Steiger nickt anerkennend.

»Ich hoffe doch, dass du es mir verkaufen wirst.«

»Selbstverständlich. Aber ich muss darauf vertrauen, dass du es bei einem Verlag unterbringst.«

»Das ist nun mal mein Beruf«, erwidert Steiger und hakt nach: »Wovon handelt denn das Stück?«

»Vom Krieg. Von der Frage, wie es sein konnte, dass so viele Menschen gegen ihren Willen den Nazis gefolgt sind. Gegen ihre tiefsten Überzeugungen gehandelt haben.«

Die Worte kommen in einem Schwall aus Ignatius gesprudelt.

»Wie war es für die Menschen, als sie merkten, dass sie nicht mehr umkehren konnten?«

»Das sind große Fragen für ein Theaterstück«, wirft Steiger ein.

»Ich weiß«, sagt Ignatius. »Ich habe mir gedacht, ich verpacke alles in ein Kriminaldrama. Eine Tragödie. Von der Stimmung her wie Fritz Langs »M – Eine Stadt sucht einen Mörder«. Das totale Chaos. Menschen, die unfreiwillig zu Mördern werden. Wie eine Art Virus, das immer mehr um sich greift, bis schließlich alle Menschen von ihm befallen sind. Und die Leute quält die Frage, wieso sie es nicht aufhalten konnten.«

»Das klingt nach ziemlich schwerer Kost. Ich bin mir nicht sicher, ob ich das bei einem großen Verlag unterbringen kann. Aber ich denke da an ein, zwei kleinere Verlagshäuser, die experimentierfreudiger sind.«

»Du wirst es also versuchen?«, fragt Ignatius.

»Wie lange, denkst du, brauchst du für das Stück?«

»Für den ersten Entwurf? Vielleicht den Sommer über. Wenn ich mich nur darauf konzentriere, bekomme ich es vielleicht in zwei Monaten hin.«

»Und in der Zeit keine anderen Aufträge?«

Ignatius schüttelt den Kopf.

»Ich will mich nur auf das Stück konzentrieren.«

»Hat es denn schon einen Namen?«

Ignatius will schon den Kopf schütteln, als er den Namen des Stücks plötzlich klar vor sich sieht.

»Ich dachte an MORD OHNE SINN.«

Er gießt sich jetzt doch noch Milch in seinen Kaffee und verrührt sie. Weiße Wolken durchziehen den schwarzen Kaffee, bis er zur Gänze eine neue Farbe angenommen hat.

»Ja, MORD OHNE SINN klingt nach einem guten Titel«, sagt Steiger und isst ein Stück seiner Sachertorte.

Demaskiert

Marek Hillenberger starrte fassungslos auf das Bild an der Wohnzimmerwand. Den Telefonhörer hielt er noch in der Hand. Seine Knie wurden weich. Eben hatte ihn Helena Trumpfheller angerufen. Was sie gesagt hatte, konnte nicht der Wahrheit entsprechen. Es hatte sich für Hillenberger angehört wie eine groteske zweite Realität, die in irgendeinem surrealen Paralleluniversum existierte.

Zum einen hatte Laura Pracht ihn beschuldigt, sich an ihr vergangen zu haben. Diese blöde … Hillenberger wusste nicht, als was er sie bezeichnen sollte. Er gestand sich ein, dass er viel früher hätte erkennen müssen, dass nicht nur er sie benutzt hatte, sondern auch umgekehrt. Laura Pracht hatte ihn benutzt, um ihren Fuß in die Welt des Theaters zu bekommen. Sie war nie die junge Studentin gewesen, die nur einen Praktikumsplatz benötigte und ihr gemeinsames Geheimnis genoss. In Wahrheit war sie schon immer ein intrigantes Miststück gewesen. Und jetzt beschuldigte sie ihn doch tatsächlich, er hätte sie mehrfach vergewaltigt.

Dabei war es Laura gewesen, die sich an ihn rangemacht hatte. Sie hatte ihn verführt und um den Finger gewickelt.

Diese ganze Misere war einzig und allein Biancas Schuld. Nur weil sie aus einer Laune heraus verlangt hatte, dass er Laura kündigte, war es so weit gekommen. Was für ein

Chaos! All das hätte die Theaterleitung dazu bewogen, ihm zu einem ausgiebigen Urlaub zu raten. Natürlich war ihm klar, was das hieß: Er konnte sich einen neuen Job suchen.

Zum anderen hatte Helena Trumpfheller ihm noch erzählt, Janosch von Hofen habe versucht, sich im Theater umzubringen. Die Kehle hatte er sich aufschlitzen wollen, war aber direkt nach der Tat noch rechtzeitig von Samira Reuter entdeckt worden. Es war wie verhext. Wieso hatte Janosch es jetzt getan? Wieso hatte er nicht noch gewartet? Nun war alles aus. Dass das Theater ihm früher oder später kündigen würde, war das eine, aber dass er wahrscheinlich nie wieder die Gelegenheit bekäme, Reichenbachs unvollendetes Meisterwerk zu inszenieren, wog deutlich schwerer..

Hillenberger betrachtete das Bild des verwurzelten Mannes. Die Frau des von ihm so verehrten Ignatius Reichenbach hatte es gemalt. Unten rechts in der Ecke standen ihre geschwungenen Initialen. Dort auf der Leinwand war noch alles beim Alten. Der Mann stützte die Bäume, klammerte sich an ihnen fest und war unten im Erdreich mit den Wurzeln der Bäume verwoben.

Doch war wirklich noch alles wie immer? Hillenberger betrachtete das Bild genauer. In der Mitte – genau unter dem Mann – hatte sich ein schwarzer Fleck gebildet. Er erinnerte Hillenberger an die kleinen schwarzen Sporen, die sich manchmal unter der Dusche in den Badezimmerfugen bildeten. Konnte es sein, dass das Bild Schimmel ansetzte? Hillenberger betastete die Leinwand. Sie fühlte sich pelzig weich an. Dort auf der Leinwand bildete sich tatsächlich ein Schimmelfleck.

Hillenberger wurde panisch. Nicht, weil er befürchtete, dass das Bild von Feuchtigkeit zerfressen wurde, sondern weil er genau wusste, was dieser Fleck zu bedeuten hatte: Die Dunkelheit griff nach ihm. Geschah mit ihm jetzt das Gleiche, was mit den Dorfbewohnern in MORD OHNE SINN geschehen war? Und war es möglich, dass es Reichenbach nicht anders ergangen war? Was, wenn die Schilderungen in seinem Theaterstück nicht der Fantasie entsprungen waren? Was, wenn alles echt gewesen war? Dann wäre er auch Teil dieses Geschehens. Er – Hillenberger – wäre direkt mit Reichenbachs Meisterwerk verwoben – wie der Mann, der mit den Bäumen verwurzelt war.

Doch gleichzeitig schien es so, als hätte sich seine Verwurzelung mit dem Theater auf seltsame Art und Weise gelöst. Die einzige Frage, die ihn noch umtrieb, war, ob dies wirklich Schlag auf Schlag geschehen war, oder ob er sich nicht selbst betrog und das Theater ihn in Wahrheit schon vor langer Zeit abgestoßen hatte.

Und jetzt schien es sogar so, als habe Ignatius Reichenbach sich von ihm getrennt. Das Genie, das Hillenberger seit Beginn seines Studiums bewundert hatte. Hillenberger hätte Reichenbach die perfekte Inszenierung seines Stücks geschenkt. Er hätte sie ihm geopfert, hätte ihn damit unsterblich gemacht. Wie lange hatte er alles von langer Hand geplant. Und jetzt sollte all das umsonst gewesen sein?

Doch damit wollte er sich nicht zufriedengeben. Er konnte nicht akzeptieren, dass ein paar dumme Zufälle Reichenbachs ewigen Ruhm verhindert hatten. Er würde es zu Ende bringen. So viel stand fest.

Samira Reuter saß auf dem Stuhl neben Janoschs Bett. Sie hatte draußen auf dem Hof telefoniert. Irgendwann am Morgen war ihr klar geworden, dass sie die beiden Polizisten über Janoschs Suizidversuch informieren musste.

Der Kommissar hatte ihr versprochen, sofort zu kommen, wenn sie das wünsche. Samira hatte dankbar angenommen. Sie konnte Ablenkung gebrauchen. Sie war unendlich müde und konnte doch nicht schlafen. Sie wollte wach sein, wenn Janosch aufwachte.

Um seinen Hals lag ein dicker Verband, neben dem Bett standen Geräte, die seinen Herzschlag überwachten. Samira konnte nicht alles zuordnen. Sie starrte nur immer wieder auf den Verband und musste dabei daran denken, wie es darunter aussah.

Sie war bereits im Begriff gewesen, das Theater zu verlassen, als Janosch wieder nach vorne auf die Bühne gerannt kam. Er hatte wirres Zeug geplappert – einiges hatte Samira als Textfragmente aus seinem Abschlussmonolog erkannt. Dann hatte er sich auf die Knie fallen lassen und sich mit einem Küchenmesser den Hals aufgeschlitzt. Samira hatte laut aufgeschrien und war direkt nach vorne zur Bühne gerannt. Dort hatte Janosch gelegen und geröchelt. Seltsamerweise war kaum Blut zu sehen gewesen.

Der Arzt hatte Samira erklärt, Janosch habe Glück im Unglück gehabt. Sein Schnitt habe nur die Luftröhre, aber nicht die beiden Halsschlagadern verletzt. Samiras Eingreifen – sie hatte sofort den Notruf gewählt – hatte Janosch das Leben gerettet. Man hatte ihn sofort operiert.

Jetzt lag er in seinem Bett und schlief. Samira beugte sich zu ihm herüber und berührte seine Hand. Sie hatte in den letzten Stunden keine Zeit gefunden, über das nachzudenken, was sie vor Janoschs Selbstmordversuch erfahren hatte. Jetzt kamen die Erinnerungen an das seltsame Schauspiel wieder in ihr hoch.

Janosch hatte mit einer unsichtbaren Teresa gesprochen, hatte sie geküsst und war mit ihr in die Küche getaumelt.

Samira hatte schon lange geahnt, dass Janosch sie betrog. Was sie in der Nacht wirklich erschüttert hatte, waren Janoschs Worte: »Ich wollte dich auch. Schon immer.«

Samira begann vor Müdigkeit zu frieren. Sie stand auf und öffnete ein Fenster. Draußen schien die Sonne. Vielleicht sollte sie doch kurz nach unten gehen und einen Kaffee trinken. Sicherlich würde ihr das helfen, den Kopf freizubekommen. Sie nahm ihre Jacke und verließ das Zimmer.

Marek Hillenberger schlich durch die Flure des Krankenhauses. Um kein Aufsehen zu erregen, hatte er im Eingangsbereich einen Strauß Blumen gekauft. Jetzt suchte er nach Janoschs Zimmer. Als er es gefunden hatte, trat er ein, ohne anzuklopfen.

Janosch lag im Bett und schlief. Sonst war niemand im Zimmer. Hillenberger legte die Blumen auf den Stuhl. Dann beugte er sich über Janosch.

»Wach auf, du Star. Wach auf«, säuselte er, seine Worte klangen wie ein eigenartiger Singsang.

»Wach auf, mein Hübscher.«

Er fasste Janoschs Schulter und rüttelte ihn vorsichtig.

Janosch stöhnte kurz auf.

»Komm schon, du kleiner Scheißer, wach auf!«, sang Hillenberger jetzt deutlich lauter.

Janosch öffnete erst seine Augen einen Spalt, dann auch den Mund. Es schien, als versuchte er, etwas zu sagen, doch er brachte keinen Ton heraus.

»Was wolltest du sagen? Dass du ein dummes kleines Arschloch bist, das alles zunichtegemacht hat?«

Hillenberger setzte sich auf Janoschs Bett. Janoschs Augen blickten verwirrt zur Decke.

»Ich hatte alles so schön geplant. Das perfekte Stück. Die

perfekte Inszenierung. Aber dann musstet ihr alles kaputt machen. Zuerst Werner und dann du. Wieso musste er ausgerechnet jetzt aussteigen? Wieso konnte er nicht bis zum Ende der Saison warten? Dann hätte er es sich womöglich noch einmal anders überlegt, wenn er unser grandioses Finale gesehen hätte. Das Finale, das du zunichtegemacht hast!«

Jetzt schien Janosch zu erkennen, dass etwas nicht stimmte, dass es sich nicht um einen Höflichkeitsbesuch handelte. Sein Blick wurde panisch. Er tastete mit der Hand nach dem Rufknopf.

»Suchst du den hier?«, fragte Hillenberger und hielt den Notrufknopf in die Höhe. »Den legen wir mal lieber zur Seite.«

Janoschs Augen zuckten hin und her. Er wirkte auf Hillenberger wie ein Tier, das in die Falle getappt ist.

»Du musst keine Panik haben, Janosch. Du kommst hier sowieso nicht mehr lebend raus.«

Hillenberger zog ein Messer aus seiner Manteltasche und hielt es in die Luft.

»Wie wäre es hiermit?«, fragte er in höhnischem Singsang. »Ich weiß, es ist nicht perfekt. Es ist zu neu, noch ganz ohne Rost. Aber hey: Man muss nehmen, was man kriegen kann. Du hättest sowieso sterben sollen, weißt du? Ich hatte alles so perfekt vorbereitet. Ich habe ein identisches Küchenmesser aufgetrieben. Bis nach Hamburg bin ich dafür gefahren. Kleinanzeigen im Internet. Ich habe eine perfekte Kopie erzeugt. Du hättest dir Abend für Abend die Kehle mit dem stumpfen Ding aufgeschlitzt. Abend für Abend hättest du darauf gewartet, dass das Publikum in Jubel ausbricht und immer etwas entschlossener die Klinge geführt. Und in der letzten Vorstellung hättest du alles gegeben. Du hättest die schauspielerische Glanzleistung deines Lebens aufgeführt, nichts ahnend, dass es deine letzte Vorführung sein würde. Ich hätte die Messer vertauscht und du hättest in der letzten Szene wie immer in die Schublade gegriffen und nichts gemerkt. Und wenn du es schließlich doch gemerkt hättest, wäre es bereits zu spät gewesen.«

Hillenberger lachte verächtlich.

»Der große Janosch von Hofen konnte dem Druck nicht mehr standhalten. Er nahm sich vor ausverkauftem Haus das Leben.«

Hillenberger machte eine nachdenkliche Pause. Janosch hatte angefangen, zu zittern.

»Doch leider ist es nicht dazu gekommen. Werner, dieser Wurm, hat alles zerstört. Meine Karriere, das Theater und vor allem das Stück. Reichenbachs Meisterwerk! Und da ich dir jetzt von meinem fulminanten Plan erzählt habe und das Theater mich fallen gelassen hat wie ein Baum im Herbst seine Blätter fallen lässt, sehe ich mich leider gezwungen, mein Werk hier zu vollenden.«

Hillenberger hob das Messer hoch und hielt es vor Janoschs Gesicht.

»Das genügt wohl als Geständnis«, sagte eine ruhige Männerstimme hinter ihm.

Langsam drehte er sich um. Dort stand der Kommissar und seine Kollegin.

»Lassen Sie das Messer fallen!«, sagte Weiß mit fester Stimme.

Hillenberger sah, wie junge Polizistin ihre Waffe mit der rechten Hand umschloss. Jetzt löste sie mit dem Daumen den Verschluss am Lederholster.

Er war erstarrt. Wut stieg in ihm auf. Wut auf Janosch, Wut auf die beiden Polizisten und Wut auf sich selbst.

Wieso hatte er überhaupt hier herkommen müssen? Er hätte genauso gut einfach das Weite suchen können. Doch er hatte die Sache zu Ende bringen müssen. Jetzt musste er schnell handeln.

Er hielt noch immer das Messer in der Hand. In seinem Kopf gab es nur zwei Szenarien: Eine geglückte Flucht oder Janoschs Tod.

Hillenberger entschied sich für die Flucht. Er schleuderte das Messer dem Kommissar ins Gesicht und sprang auf. Als hätte er diese Reaktion erwartet, riss der Kommissar seinen Kopf zur Seite, so dass das Messer ihn knapp verfehlte. Scheppernd fiel es zu Boden. Hillenberger rannte Richtung Ausgang, kam ins Stolpern und prallte gegen die verschlossene Tür.

»Herr Hillenberger, ich verhafte Sie wegen Mordes an Daniel Werner und versuchten Mordes an Janosch von Hofen!«, sagte die Polizistin.

Sie beugte sich über Hillenberger und zog seine rechte Hand nach hinten. Hillenberger stöhnte vor Schmerz laut auf. Er spürte, wie sich die kalten Handschellen um seine Handgelenkte schlossen.

»So, Herr Hillenberger, das dürfte es gewesen sein«, sagte Kommissar Weiß. An seine Kollegin gewandt sagte er: »Ich rufe mal die Kollegen, sieh du mal zu, dass ein Arzt herbeikommt.«

Als der Kommissar gegangen war, trat Samira Reuter ins Krankenzimmer. Verwirrt sah sie von Janosch zur Polizistin und zu Hillenberger. Der starrte nur grimmig zurück.

»Was ist denn hier los?«, fragte sie.

»Festnahme«, sagte Stahl nur knapp. »Kümmern Sie sich um Ihren Freund, während ich mich um den hier kümmere.«

Sie fasste Hillenberger fest an der Schulter und schob ihn zur Tür raus.

Drei Tage später saß Samira wieder an Janoschs Bett. Er war mittlerweile in eine psychiatrische Klinik verlegt worden. Hier würde er zehn Wochen bleiben und eine erste Therapie machen. Anfangs hatte er versucht, zu erklären, wieso er sich den Hals aufgeschnitten hatte, doch mittlerweile konnte er es selbst nicht mehr so genau sagen.

Es käme oft vor, dass Patienten nach einem Suizidversuch ihre Beweggründe nicht mehr nennen könnten, hatte ein Arzt Samira erklärt. Vielen wäre die Angelegenheit peinlich.

Samira durfte Janosch jeden Tag zwischen zwei und drei Uhr besuchen. Sie brachte jedes Mal frische Blumen mit. Janosch freute sich immer sehr über die Blumen. Jedenfalls erweckte es den Anschein, als freue er sich. Samira hatte ihn noch nicht auf sein Geständnis angesprochen. Jeden Tag verschob sie dies aufs Neue. Die meiste Zeit saß sie einfach schweigend an seinem Bett.

Janosch lag schweigend neben ihr und blickte zum Fenster, durch das die Sonne schien. Schließlich sagte er so leise, dass es fast nur ein Flüstern war: »Es tut mir leid.«

Samira sah ihm ins Gesicht. Janosch schluckte und es kostete ihn sichtbar Kraft.

»Alles tut mir leid. Dass ich versucht habe, mich umzubringen. Und, dass ich dich betrogen habe. Vor allem das.«

Samira konnte Janoschs Blick nicht mehr ertragen. Sie fixierte ein Bild an der Wand.

»Es war ein Unfall, ein dummer Fehler. Ich hätte dir davon längst erzählt. Doch ich habe mich so geschämt, weil ich diesen ‚Unfall' in Wahrheit genossen habe.«

Janosch machte eine Pause, ob aus Erschöpfung oder weil er nach den richtigen Worten suchte. Nach einem Moment der Stille sagte er: »Ich hoffe, du kannst mir verzeihen.«

Samira starrte weiter auf das Bild. Die Farben verschwammen vor ihren Augen. Sie blickte kurz zur Seite und fokussierte dann wieder das Bild. Sie konnte Janosch jetzt nicht in die Augen sehen.

Sie konnte ihm nicht verzeihen.

Sie konnte ihm jetzt nicht sagen, dass sie ihn verlassen würde.

Dass sie ihn in Gedanken schon längst verlassen hatte.

Szene 13 – In der Kammer

Der Kommissär sitzt in seiner Kammer. Die Tür ist verschlossen. Draußen klopft seine Frau an die Tür.

MATHEO: Es ist, als sei man verhext, als habe einen etwas gepackt. Jetzt, da auch ich vom Dunkel besessen bin, fühle ich Schrecken, Erleichterung und Angst. Alle drei zugleich. Ich weiß, dass es kein Zurück mehr gibt. Das Dunkel hat Besitz von mir ergriffen und lässt mich nimmer los.

SIBYLLE: Matheo, bitte öffne die Tür. Lass mich dir helfen!

MATHEO: Geh bitte weg, liebste Sibylle. Ich kann dich nicht beschützen. Nicht vor der Welt und auch nicht vor mir.

Matheo geht in der Kammer umher.

MATHEO: Ich liebe meine Frau. Hätt' ich doch nur auf sie gehört und wäre nach Wien zurückgekehrt. Jetzt ist's zu spät. Das Böse greift immer weiter um sich. Wenn ich es jetzt nicht stoppe, hat es bald auch meine Sibylle.

SIBYLLE: Matheo, ich flehe dich an, lass mich ein.

MATHEO: Ich ertrage all das nicht mehr. Das viele Leid und all das Misstrauen. Und diese schrecklichen Fratzen, die mich Tag und Nacht anschreien und mir zurufen, ich solle meine Frau töten. Ich kann sie nicht töten, dafür liebe ich sie zu sehr. Auch wenn ich weiß, dass das Dunkel sie früher oder später auch ergreifen wird, so will ich doch nicht mit dem Wissen leben, dass ich es war, der sie umbrachte. Es gibt nur einen Weg für mich, die Fratzen zum Schweigen zu bringen.

Matheo geht zum Schrank und nimmt ein Messer heraus. Er wendet sich dem Publikum zu.

MATHEO: Es ist eben nicht menschlich, einfach nur die Augen zu verschließen. Und wenn es das wäre, will ich nicht länger Mensch sein!

Ich habe diese Welt geliebt, doch ich kann nicht mehr. Ich kann nicht ohne meine Frau leben und ich kann mich nicht länger dem Drang entgegenstellen, sie zu ermorden.

Für mich gibt es nur noch einen Weg.

Matheo hebt das Messer an seinen Hals und schneidet sich die Kehle durch. Er fällt auf die Knie und stirbt.

Ende

Hinweise und Danksagungen

Werte Leserin, werter Leser, ich möchte mich herzlich bei Ihnen bedanken, dass Sie die Geschichte rund um Ignatius Reichenbachs Werk gelesen haben. Für Sie habe ich das alles geschrieben.

Je nachdem, wie aufmerksam Sie gelesen haben, werden Sie unterschiedliche Fragen an die Geschichte und an mich haben. Ich werde versuchen, einige dieser Fragen zu beantworten. In die Kategorie der ganz genauen Leser fallen Sie auf jeden Fall, wenn Sie sich fragen, wo zum Geier dieses Treuburg liegt, in dem Oskar Tobias Steidle einst drei Semester Philosophie studiert hat. Ich wünschte, ich könnte Ihnen zum jetzigen Zeitpunkt von einer Erzählung berichten, die vom ehemaligen Bürgermeister dieser Kleinstadt handelt. Doch leider befindet sich »Opa Karl fliegt zum Mond« noch unveröffentlicht auf der Festplatte meines Cousins. Soll er doch endlich abheben, der werte Herr Schuhmann.

Vielleicht haben Sie sich aber auch gefragt, wer denn nun für all das Drama verantwortlich ist. Hat Ignatius Reichenbach ein so krankes Theaterstück geschrieben, weil er selbst krank war, oder wurde er krank, weil er das Stück geschrieben hat? Die Henne-Ei-Diskussion in neuem Gewand. Ich kann Ihnen nur meine Sichtweise der Dinge offenlegen.

(Wobei ich gerade denke, dass ich sie Ihnen doch lieber verwehre. Ich möchte Sie ja schließlich nicht in Ihrer Interpretation beeinflussen.)

Vielleicht kümmern wir uns eher um den Mord an Daniel Werner. Es soll Menschen geben, denen nicht ersichtlich ist, wer den Mäzen des Theaters ermordet hat. Ich verrate es Ihnen: The one and only Marek Hillenberger! Leider fielen viele Details der Geschichte einer radikalen Überarbeitung zum Opfer. Ganz ehrlich: Wenn ich bisher aus meinen Manuskripten mal hier und dort ein Unkraut gezupft und an der ein oder anderen Stelle ein kleines Blümchen gepflanzt habe, bin ich diesmal mit dem Mähdrescher übers Feld gefahren, habe alles mit dem Traktor umgepflügt und eine Horde Bisons über die Trümmer meiner Arbeit gejagt, nur um alles im Nachgang mühsam wieder mit Sekundenkleber zusammenzuflicken. Aber es hat Spaß gemacht.

Oben beschriebener Umbaumaßnahmen fiel auch die Erwähnung eines alten Bekannten zum Opfer: In einer Urfassung war die Todesanzeige eines gewissen Harald Wagner zu sehen. Wenn Sie nicht wissen, wer das ist, lesen Sie sich durch meine anderen Bücher ;-)

Dafür ist es mir gelungen, mein allererstes »Buch« in diese Geschichte zu mogeln. Vor beinahe einem Vierteljahrhundert habe ich eine Kriminalgeschichte – vom Umfang her nicht mehr als 100 Seiten – verfasst. Der Titel lautet: Blutige Post. Und niemand geringerer als der hilflose Hillenberger hat sich dieser Geschichte angenommen und ein Skript fürs Theater daraus gestrickt. Doch glauben Sie mir: Sie wollen keines von beidem lesen.

Ich habe das Gefühl, dass es jetzt an der Zeit ist, all den lieben Menschen zu danken, die in dieses Buch viel Mühe gesteckt haben:

Ich danke Lutz für die erste Kritik und vor allem, für die Hilfe beim Umpflügen der vorletzten Manuskriptfassung und beim »In-Zaum-halten« der Bisonherde. Außerdem danke ich Sophia und Elke fürs Korrekturlesen und Katharina (mit drei »a«) für die vielen Details, die du mir zurückgemeldet hast. (Ganz ehrlich: Wer weiß auf Seite 183 noch, was er auf Seite 6 gelesen hat?)

Ich danke meiner Lektorin Rebecca, die mich wie immer wunderbar betreut hat und die – obwohl sie schon so viel Arbeit hatte – immer wieder ein offenes Ohr für mich hatte.

Ich danke Sarah (zu finden auf www.schindelart.at) für das tolle Cover Artwork und Tobias für die schöne Umschlaggestaltung.

Und natürlich danke ich – auch, wenn ich das schon eingangs getan habe – Ihnen, liebe Leserin, lieber Leser. Ich hoffe, Ihnen hat gefallen, was Sie gelesen haben. Bis zum nächsten Buch.

David Hermann (Winter 2020 – Herbst 2022)